KB059731

변두리의
마음

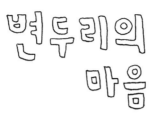

변두리의 마음

서현숙 지음

삼척 생활 에세이

사계절

나를 통과한, 나만의 삼척

삼척은 '시간'을 간직한 고장이다. 세차게 흘러가는 지금의 시간이 아니라, 오래도록 묵고 버티고 견뎌온 시간을 간직했다. 조금만 걸으면 오랜 시간이 스민 집과 골목을 무심히 만난다. 시장에 가면 근자近者에 사라져가는 전파사를 두어 곳 볼 수 있다. 예전 큰 규모의 식당에 붙이곤 했던 '○○ 회관'이라는 이름의 음식점과 자주 마주친다. 옥수수 한 자루를 사도 35년째 옥수수를 찌고 있는 '장인'을, 된장찌개를 사 먹어도 그 자리에서 30년 넘게 밥을 지어 손님들을 먹여온 '할머니 요리사'를 만날 수 있다.

삼척이라는 지역이 오랜 시간 버텨온 것들을 보전하기 위해 남다른 노력을 해온 것일까. 그건 아닌 듯하다. 오지奧地는 아니지만, 이래저래 발길이 미처 닿지 않는 곳이다, 삼척은.

지난여름 피서철이 절정일 때, 삼척해변에 가려 했다. 날씨가 사람을 익히기라도 할 듯 뜨거워 바닷물에 몸을 담가볼 요량이었다. 10년 만의 결심이었다. 삼척해변을 향해 가면서 자잘한 걱정을 했다. 여름 더위의 절정이니 사람이 얼마나 많을까. 차 세우기도 힘든 거 아닐까.

나의 걱정은 걱정으로 끝났다. 주차장에 차를 세울 여유 공간은 충분했다. 해변에 설치된 유료 파라솔을 차지하기 위해 경쟁하지 않아도 되었다. 바닷물에 들어간 사람의 수가 적절해서 옆 사람이 치는 물장구에 기습적으로 바닷물을 뒤집어쓸 일도 없었다. 사람들은 띄엄띄엄 떨어져서 제각각 물놀이를 즐기고 있었다.

이 모습을 보고 알았다. 아, 내륙 사람들이 여름 동해 바다를 찾아 속초, 양양, 강릉까지는 오지만, 강릉에서 50킬로 더 남쪽으로 내려가야 하는 삼척까지 오는 수고를 하지는 않는구나. 발길이 삼척까지 미처 닿지 않는구나. 이런 시간은 오래도록 계속되어 왔을 것이다. 그러니 골목과 집은 오랜 시간이 그저 스밀 대로 스몄고, 전파사와 '○○ 회관'은 외양을 바꿔야 하는 유행의 압력 없이 그대로 있었고, 옥수수 찌는 아주머니와 밥집의 요리사 아주머니는 30년이 넘게 옥수수를 찌고 된장찌개를 끓이다가 할머니가 되었다.

나는 아쉽기도 하고 좋기도 하다. 세상 사람들이 삼척의 매력을 모르는 까닭에, 삼척은 마치 나 혼자만 아는, 세상으로부터 비밀인 '연인戀人' 같다. 나만 알아서 기쁘고 나만 알아서 안타깝다. 나 혼자만 알고 싶기도 하고 세상에 널리 말하고 싶기도 한 이중적인 마음이다.

삼척을 마음에 떠올리면 영문 모르게 애틋해진다. 삼척 시내에서 높은 터에 위치한 성내동 성당에서 바라본 삼척의 밤 풍경을 떠올리면 더욱 그렇다. 한눈에 들어오는 작은 도시의 불빛들이 나에게 이야기를 들려주고 싶어 하는 것 같다.

요즘의 도시는 순수함을 잃었다. 오랜 유적지가 있는 도시는 도처에 돈의 손길이 뻗쳐 관광지가 되고 이를 즐기려는 여행객으로 미어터진다. 바닷가 사람들의 삶이 쌓여 길이 되고 풍경이 된 마을은 지역 자치 단체의 철학 없는 개발로, 부조화스러운 조형물로 망가졌다. 오래된 정겨운 골목은 영화 세트장처럼 카페와 음식점과 사진 찍을 장소들로 꾸며진다. 우리에게 익숙한 모습의 변화다. 삼척은? 사람의 발길만 미처 닿지 않은 것이 아니다. 이러한 관광지화, 난개발, 난잡한 변화의 손길이 아직 오지 않았다. 더디게 오고 있다. 이것이,

내가 삼척을 떠올리면 애틋해지는 까닭일까.

이런 상상을 해본다. 삼척에 시멘트 공장이 없었더라면, 화력발전소가, 또 맹방 바다에 화력발전소 항만 시설 공사가 없었더라면…. 기괴한 시멘트 공장의 모습이 도시의 미관을 해치지 않았을 것이다. 도시 공기의 질이 더 좋았겠지. 그렇게 아름다웠다고 하는 맹방해변이 아름다운 채로 있을 수 있겠지. 아마 삼척의 아름다움은 더 풍성하고 깊었을 것이다. 이곳이 사람들의 발길이 미처 닿지 않는 곳이어서 이러한 시설의 위험과 부정적인 영향을 감수하고 받아들였을 것이다.

아름다움을 지키는 것은 거저 이루어질 수 없음을 깨닫는다. '철학'이 있어야 하는구나. 지키고 싶은 아름다움이 무엇이고, 지켜야 하는 이유가 무엇인지 원칙의 몸통을 세우는 것은 철학의 힘일 것이다. 이것이 부재할 때 돈의 힘에 개발의 위압에 쉽사리 무너진다, 사람이든 도시든.

태어나서 50년 동안 강원 영서를 벗어나 살아본 적이 없었는데, 우연히 삼척에 와서 몇 년 머물게 되었다. 삼척 지역의 학교에서 근무하게 되어 삼척에서 생활하였고, 내부인이자 외부인으로 삼척을 바라보고 걸었다. 어떤 지역의 내부인이자 외부인, 그러니까 경계인으로 살아보는 시간은 인생에서 흔하게 찾아오지 않는 귀한 경험임을 뒤늦게 깨닫는다.

이 고장에 낯선 자의 눈이 삼척과 만났을 때, 마음의 현絃은 팽팽하게 당겨졌다. 지나가는 스산한 바람에, 문득문득 그리워지는 춘천 밤공기 냄새에 울적해지는 것은 경계인이 치러야 할 대가다. 반면에 학교에서 만난 학생의 말 한마디에, 무심히 펼쳐진 골목길에, 별것 없는 작은 바닷가 마을에, 내 마음이 예민하게 반응하여 한껏 부풀고 흔들리는 것은 경계인만이 가질 수 있는 특권이다.

경계인으로 살았던 삼척 생활은 나의 가장 약한 부분을 고스란히 알게 해주었다. 내가 혼자 있는 것을 좋아하면서도 외로움에 취약한 인간이라는 것, 혼자서는 잠도 제대로 자지 못하는 못난 인간이라는 것을 알게 되었다. 모처럼 주어진 일인분의 생활을 한껏 즐기지는 못했다. 혼자 걸었고 혼자 울었다. 이 책의 글들은 아마 '삼척 생활 방황의 기록' 정도가 아닐까.

삼척은 나의 못나고 소심한 마음을 여러 차례 쓰다듬어주었다. 한눈에 들어오는 아늑하고 고즈넉한 밤 풍경, 맑은 날 바다에서 불어오는 청량한 바닷바람, 세상에서 가장 청순한 얼굴을 보여주던 아침 물빛 바다, 어쩐지 싫지 않은 정라항의 바다 비린내, 삼척에서 만난 순진한 학생들, 몇 번만 방문해도 단골손님 대접해주며 반가워하던 음식점 사장님들, 이 존재들이 내 마음을 할퀸 적은 없다. 쓰다듬어주었다. 고운 손길은 아니었다. 평생 드센 일을 해온 이의 손처럼 투박하고 거친 손길이었지만, 분명 나를, 나의 마음을 여러 번 쓰다듬어주었다. 이 손길의 기운으로 한 시절을 또 살아낸 것 아닐까.

내가 이야기하는 삼척은 나를 통과한 '삼척'이다. 여기서 오랜 시간을 묵지 않은 경계인의 시선으로 바라본 '삼척'이니, 어설플 것이다. 삼척의 겉만 핥았을 것이다. 삼척에서 오래 살아온 이들에게 송구한 까닭이다. 여튼 이 책의 삼척은 '나만의 삼척'이다.

차례

삼척에
왔습니다

오십 년 인생에서 처음

내가 태어난 곳은 강원 영서에서도 북쪽에 위치한 화천군 상서면 산양리다. 내 고향을 말하면, 남자 어른들은 군대 생활을 거기서 했다는 말을 종종 한다. 내 고향은 화천읍에서도 버스를 타고 비포장도로를 삼사십 분 달려가야 도착하는 시골이고 군부대 지역이었다.

겨울철 주말이면 엄마와 화천읍에 있는 목욕탕에 목욕하러 가고는 했다. 산양리는 목욕탕도 없는 '깡촌'이었던 거다. 목욕탕에 들어서면 사람이 가득했고, 뿌옇고 뜨거운 김이 가득했다. 여자 어른들의 부피감 있는 커다란 알몸으로 꽉 찬 목욕탕의 풍경은 어린 나에게는 조금 무서웠다. 엄마가 이태리타월로 내 몸의 때를 세게 밀면 아픈데도 군소리도 못 하고 견뎌야 해서 무서웠다. 당연히 목욕탕을 싫어할 수밖에 없었다.

다행인 것은 목욕을 하고 나오면 바로 핫도그를 먹을 수 있다는 거였다. 비록 손가락 한 마디만 한 분홍 소시지가 겨우 들어 있는 밀가루 튀김 덩어리였지만 빨간 케첩을 구불구불한 모양으로 뿌려주는 핫도그 하나에, 고소하고 느끼한 기름 냄새에, 목욕탕에 대한 공포의 기억은 다 녹아 없어졌다. 엄마가 내 손에 들려주는 핫도그 때문에 목욕탕으로 가는 시련의 길에 매번 따라나섰다. 목욕을 끝내고 돌아올 때 비포장도로를 달리는 버스에서 내 엉덩이가 놀이기구를 탄 듯 들썩들썩하던 느낌이 지금도 생생하다. 그때 나는 기껏해야 일곱 살 정도 된 몸집 작은 어린이였으니 버스의 요동에 어른보다 더 심하게 엉덩이가 들썩였을 것이다.

내가 열 살이 되던 봄, 우리 집은 화천을 떠나 춘천으로 이사했다. 초등학교 4학년이었던 나는 춘천 생활에 적응하지 못했다. 산양리에 두고 온 친구들을, 산과 동네 거리를, 시골에서 뛰어놀던 때를 눈물 흘리며 그리워했다. 아침에 학교에 갔다가 아무 때나 무단 귀가하는 초등학생이 되었다. 다행히 학교와 집이 가까웠고, 또 다행히 좋은 담임 선생님을 만났다. 무단 귀가한 내가 집에서 놀고 있으면 선생님이 찾아와서 나를 데리고 다시 학교로 가고는 했다. 선생님의 친절한 마음 덕분에 춘천에 적응해, 중·고등학교와 대학교까지 춘천에서 다니며 자랐다.

국어 교사를 직업으로 삼고 결혼을 하고 아이를 낳아 기르면서도 춘천 인근(홍천과 인제)을 떠나지 않고 살다가, 2021년 강원 영동 지역인 삼척의 한 고등학교에서 근무하게 되었다. 태어나고 자란 지역을 50년 만에 처음으로! 벗어나게 되었다. 본 거주지와 가족을 춘천에 둔 채, 나 혼자 삼척에 왔다. 결혼하기 전에는 부모님과, 결혼 후에는 남편, 딸, 시어머니와 함께 살았으니, 영서 지역을 떠난 것도 처음, 혼자 사는 것도 처음이다. 그러니 삼척에 온 것은 내 인생의 큰 사건인 셈이다. 어떤 지역에서 내부인이자 외부인으로 살아본, '첫 경험'이었다.

모든 것이 시작되는 저녁

3월 1일 자로 발령을 받고, 2월 마지막 날 초저녁 무렵 삼척에 도착했다. 짐을 대충 풀고 난 후, 저녁도 먹고 동네도 익힐 겸 시장까지 걸었다. 15분 정도 걸어가니 삼척중앙시장이 나왔다.

골목을 걷다가 작은 식당을 만났다. 대구탕, 곰칫국이라 쓴 투박한 나무 팻말을 가게 앞에 세워놓은 식당. 간판 조명이 희미했다. 식당 문을 조금 열고 들여다보니 할머니와 할아버지가 나를 쳐다본다. 주인 부부인가 보다. "혼자인데 먹을 만한 거 있나요?" 물어보니, 할머니가 "아휴, 혼자라도 밥은 먹어야지." 한다. 저녁 식사 시간이 지나서인지 손님은 없다. 좌식 테이블 대여섯 개가 전부인 작은 밥집이었다. "뭐 먹으면 좋을까요?" 물었더니, 할머니가 "다 좋은데. 오늘은 갈치찌개도 좋고, 대구탕도 좋아. 드시고 싶은 거 드셔." 한다. 나는 대구탕을 주문했다.

자리에 앉으니, 할아버지가 방석 이야기를 세 번이나 한다. 상 밑에 방석 있다고, 방석 깔고 앉았냐고, 방석 깔고 앉아야 따뜻하다고. 지나친 방석 걱정이 푸근한 마음이려니 싶었다. 시골에 온 것 같았다. 할아버지가 음식이 담긴 쟁반을 들고 내 쪽으로 걸어오는데 깜짝 놀랐다. 허리가 90도 가까이 굽었다. 더구나 쟁반을 든 두 팔이 후들후들 조금씩 떨린다. 벌떡 일어나 쟁반을 받아야 할 상황이었는데, 예상하지 못했던 상황이라 얼떨결에 앉아서 상을 받았다.

묵은지를 넣고 끓인 심심한 대구탕을 먹었다. 내가 먹어본 대구탕은 고춧가루 넣어서 칼칼하고 얼큰하게 만든 것이었는데, 이건 짜지도 맵지도 않다. 심심하게 끓인 김칫국에 대구 몇 토막을 풍덩 넣은 것만 같다. 내가 좋아하는 맛이다. 사실 나는 매운 음식을 좋아하지 않는다. 내가 매운 맛에 휘둘리는 느낌이랄까. 매워서 어쩔 줄 몰라 하는 나를 별로 좋아하지 않는다.

밥을 먹으면서 식당을 둘러보고는 슬며시 웃었다. 어르신 두 분이 돌보는 식당인데, 어디 한 군데도 흐트러진 구석이 없다. 상 아래에 놓인 방석 네 개는 접착제로 붙여 탑을 쌓은 양 가지런하다. 테이블마다 놓인 수저통, 냅킨통의 위치와 각이 완벽하게 통일되어 있다. 주방의 양념통들마저 설탕, 소금, 고춧가루 등의 작은 이름표를 붙인 채 줄과 간격을 맞춰 서 있다. 두 분이 이 작은 공간을 얼마나 부지런히 닦고 정리하는지 훤히 보였다.

두 분도 저녁 식사로 대구탕을 드신다. 밥집 한 지 오래되었다 한다. '요즘은 코로나 때문에 손님이 없다, 매일 생선 사다가 국 끓이는 게 낙인데 이제 나이도 많아 언제까지 할 수 있을지 모르겠다.' 할머니가 이런 이야기를 풀어놓으신다. 밥상만 달리했을 뿐 나는 두 분과 함께 밥을 먹는 기분이었다. 두 어르신의 즐거움, 자부심, 근심을 알게 되었다.

밤거리를 걸어 집으로 돌아오면서 두 분을 생각했다. 아마 두 분은 내일도 굽은 허리로 밥상을 닦고 흐릿한 눈으로 생선국을 끓일 것이다. 코로나 때문에 손님이 없어도 쉬는 날 없이 식당을 열 것이다.

삶은 이런 것일까. 아침이 되면, 오래도록 해왔지만 언제까지 지속될지는 알 수 없는 일상을 이어가는 것, 삶의 공간을 부지런히 돌보는 것, 그래서 경건하고도 유쾌한 것. 나도 내일이 되면 낯선 학교에서 새롭고도 익숙한 일상을 이어갈 것이다.

높은 건물 드문 나지막한 삼척의 밤 풍경, 바람 없이 얌전한 삼척의 밤공기가 아직 이방인인 나를 안아주었다. 모든 것이 시작되는 저녁이었다.

세상의 중심은 삼척 우체국

삼척에 대해 아무것도 모를 때 학교 아이들에게 이것저것 물어보았다. 학교 아이들은 내가 삼척에서 유일하게 '아는 사람들'이었다. 고3 교실이었고 초봄이었다.

"얘들아, 시내에 서점은 어디에 있어?"

"우체국 위에 있어요."

"아, 그래. 시장은?"

"우체국 아래에 있어요."

"그렇구나. 큰 문구점은 어디에 있니?"

"우체국 뒤에요."

"아이스크림 가게도 있어?"

"그럼요! 우체국 앞에 있어요."

"하하하, 뭐야. 우체국이 세상의 중심이야?"

아이들이 우체국을 기준으로 여기저기 알려주는 것이 귀엽고 재미있어서 크게 웃었는데, 아이들 표정이 좀 싸늘해졌다. 아이들은 내가 삼척을 시골로 여겨 무시하는 마음에 웃었다고 생각한 거다. 이 상황을 얼른 무마하려고 "삼척중앙시장 앞 큰길이 시원스럽더라." 했는데, 돌아온 답은 "그건 인구가 적어서 시원해 보이는 거예요."였다.

삼척 인구가 얼마나 되길래? 2022년 기준으로 삼척은 1,187km²의 크기에 6만여 명이 살고 있는데, 삼척시는 삼척 시내뿐 아니라 태백산맥 근처의 도계와 미로, 또 경북 울진군에 접한 원덕까지 포함하고 있다. 삼척 바로 옆에 위치한 동해시와 비교해보면, 동해시는 180km²의 크기에 9만여 명이 살고 있으니 삼척시의 인구밀도가 낮다고 할 만하다. 시내 도로가 시원하게 느껴지는 이유는 인구가 적어서라고, 아이들이 말한 까닭을 알겠다.

도계, 미로, 원덕 등을 제외한 채 삼척 시내만 보면, 삼척은 무척 아담한 도시다. 미니 도시라는 말이 어울릴 만큼 작다. 시내에 어떤 볼일이 있더라도, 어느 장소를 가더라도 자동차로 10분이면 가능하다. 직장, 병원, 우체국, 제법 큰 마트, 시장, 요가 학원, 바닷가, 모두 10분이면 갈 수 있다. 이점이 나는 좋다. 사람에게 위압감을 주지 않는 규모, 사람을 압도하지 않는 규모의 도시인 까닭이다. 삼척은 사람의 마음을 편안하게 하는 규모의 도시이고, 우체국이 세상의 중심인 고장이다.

삼척 옆 동해

우체국 사건이 발생한 지 얼마 지나지 않아, S 카페가 삼척에 있는지 아이들에게 무심코 물어보았다. 삼척에 대해 궁금한 것은 모조리 학생들에게 물어보던 시기였다.

"샘, 그런 건 다 동해시에 가야 있어요. 동해가 삼척보다 더 도시이고, 더 커요."

"그래? 동해는 얼마나 도시인데?"

"삼척에 없는 건 다 동해에 있다고 생각하시면 돼요."

포근하고 화사한 늦봄, 교무실 옆자리 짝꿍 성나은 선생님과 동해시에 가보았다. 동해시의 중심이라 할 수 있는 천곡동의 왕복 6차선 도로와 즐비한 상가 건물에 나도 모르게 "우아!" 탄성을 내질렀다.

과연 삼척에 없는 왕복 6차선 도로와 제법 높고(5~6층) 즐비한 빌딩이 동해에 있었다. 비교 대상이 삼척이라면 동해는 제법 큰 도시였다.

삼척과 동해는 가깝다. 삼척 시내에서 자동차로 10여 분만 이동하면 동해시에 들어선다. 알고 보니, 가까운 것은 물리적 거리만이 아니라 심리적으로도 그러했다. 삼척에 거주하고 있는 나만 하더라도 차츰, 동해가 삼척과 다른 행정구역이라는 의식을 별로 하지 않게 되었다. 동해 천곡동에 밥과 술을 사 먹으러, 묵호 어달리의 바다가 보이는 카페에 커피를 마시러, 장날이면 북평장 구경을 하러 동해를 드나드는 일이 빈번해졌으니 말이다.

동해와 삼척은 가깝지만 도시의 분위기는 사뭇 다르다. 삼척은 동해보다 아담하고 고즈넉한 느낌이고, 동해는 상대적으로 크고 도시 느낌이 난다. 하지만 나의 느낌은 느낌일 뿐, 사실과 다르다. 삼척이 동해보다 여섯 배 이상 크다. 학교의 아이들과 내가 잘못된 느낌을 가지게 된 이유는 '시내'의 크기 때문이다. 삼척은 삼척 시내뿐 아니라 도계와 미로, 원덕까지 포함하고 있지만, 동해는 '시내'가 도시의 전부다. 한국의 도시를 크기 기준으로 순위 매긴 자료를 보니, 삼척은 크기가 큰 도시의 상위에, 동해는 크기가 작은 도시의 상위에 자리한다.

삼척시의 연원은 초기 삼국 시대까지 거슬러 올라간다. 당시 삼척은 '실직국'이라는 작은 나라였다. 삼척은 조선 시대 정철이 「관동별곡」을 지었던 죽서루가 있는 고장이고, 향

교가 있는 지역이다. 길을 걷다가 백 년 묵은 건물을 볼 수 있다. 그러니까 삼척은 오랜 역사와 전통을 지닌 마을이다.

동해는 '새로 닦은 곳', 신도시다. 물론, 동해에 속한 북평과 묵호는 오랜 시간을 간직하고 있다. 1980년 동해시라는 신도시가 생기기 이전, 북평은 삼척군에, 묵호는 명주군에 속한 지역이었다. 북평과 묵호를 제외한 동해 대부분의 시가지는 계획에 의해 직선으로 길을 내고, 반듯한 택지에 집을 앉히고, 네모난 아파트를 지어 만들어졌다. 그러니 도시 느낌이 제법 나는 것이다.

삼척에서 나는 외부인이자 내부인이다. 경계인의 눈으로 보니, 삼척과 동해 사람들은 서로를 의식하는 마음을 지니고 있다. 내가 아는 삼척의 한 어른은 이렇게 말했다.

"동해는 전통이 없는 곳이야. 뜨내기들이 모여 사는 곳이야."

이 말을 동해 사람에게 전했더니 "그러면서 삼척 사람들은 왜 동해로 쇼핑 오는 거야? 외식도 동해로 오고?" 한다.

나는 웃음이 났다. 뭐랄까. 묘한, 하지만 심각하지는 않은 귀여운 라이벌 의식이랄까. 그런 것을 감지했다.

나는? 동해와 삼척, 둘 다 좋아한다.

주말에 춘천에 가면 "으악!"이라는 말이 나올 때가 있다.

긍정적인 감탄사가 아니다. 20층이 넘는 아파트, 도로를 가득 채운 자동차에 압도당해서 나오는 탄식이다. 특히 늦은 밤에 많은 사람들이 거리를 나다니는 모습이 낯설어졌다. 춘천은 작은 도시인데도, 삼척에 비해 상대적으로 이런 느낌이 든다. 삼척 시내는 저녁 아홉 시만 되어도 깊은 밤마냥 적막하다.

사람의 생체 리듬이라는 것을 생각하면 삼척의 생활 패턴은 '자연의 순리'에 어긋나지 않는다. 아침이 되면 잠자리에서 일어나 일을 하고, 해가 지면 저녁 식사를 하고 쉬다가 잠자리에 드는 생활. 자연의 순리에 지극히 조화로운 생활 형태다. 삼척은 이 생활 양식으로 도시의 중심 시간이 흐른다. 물론 현대 사회는 다양한 삶의 유형을 만들어냈고, 이것 자체를 부정하는 것은 아니지만 삼척이라는 도시의 흐름은 그렇다.

내가 근무하는 학교 아이들의 정서도 이와 무관하지 않다고 본다. 도시의 규모, 건물의 크기, 도로의 넓이가 사람의 영혼을 압도하지 않는다. 지역의 전체 분위기가 들떠 있지 않다. 밤 아홉 시가 넘으면 고요해진다. 이런 곳에 사는 아이들도 마음을 거세게 흔들고 그늘지게 하는 각각의 사정이 있겠지만 지역의 색채가 아이들의 마음을 사납게 만들지 못하는 것 같다.

나의 마음은 요상하다. 가끔 일부러 동해에 간다. 일명 '도시 기분 내기' 작전 수행을 위해서다. 음식점이 몰려 있는 거리의 많은 사람들 속에 묻히고, 큰 신발 가게에서 신발 구경을 하고, 옷 구경을 하고, 나를 아는 사람이 없는(없을 것이 분명한) 대폿집에서 가자미회무침에 막걸리를 한잔할 때의, 또다른 '평화'를 즐긴다. 익명성이 주는 평화일까.

나의 자취방

"삼척에 있을 때는 어디에 사세요? 아파트에 사세요?" 이런 질문을 받고 "아뇨. 원룸에 살아요."라고 답하는 나의 기분은, 머쓱하다. 답을 하는 내 목소리가 조금 작아지는 것도 같다. 이십 대 청춘도 아닌데 원룸에 사는 내가 초라해 보이지는 않을까. 이런 마음인가.

나의 본 거주지는 춘천이고, 삼척은 직장 때문에 주중에 혼자 머물고 있는 곳이다. 원룸에 산다고 답하고는 부리나케 덧붙인다. "방은 작지만, 남향이고 바로 앞에 공원이 있어요. 공원 숲이 울창하고 새벽에는 새소리도 들려요." 설명은 아직 끝나지 않았다. "원룸인데 베란다가 아주 커~서 키 160센티 정도의 사람 2.5명이 세로로 연이어 누워도 될 정도예요."

이제야 나의 원룸은, 나의 자취방은 제법 괜찮은 공간이 된다. 그런 것 같다.

발령을 받아 삼척에 오게 되었을 때, 작은 아파트에 전세를 얻으려 했다. 그러나 전세로 나온 아파트는 없고 죄다 월세뿐이었다. 아파트 월세에 관리비를 지불하면 월급의 상당 부분을 주거비로 써야 할 것 같았다. 전세 아파트를 구하지 못해 원룸을 보러 삼척을 좀 돌아다녀보았다. 다닐 때는 심란하였다. 에구, 이렇게 작은 방에서 답답할 텐데, 어떻게 살지? 방이 두 개는 되었으면 좋겠는데…. 그러다가 지금 내가 사는 방에 와보게 되었다. 겨울 오후였는데, 빈 방에 환하고 따뜻한 겨울 햇볕이 먼저 들어와 있었다. 원룸인데 베란다가 커서 답답한 느낌이 적었다. "그래, 여기면 되겠네." 이런 말이 나도 모르게 나왔다.

나의 원룸은 한 달에 35만 원 지불하는 것으로 방값, 관리비, 전기요금, 난방비, 수도요금 등이 한 방에 해결된다. 더구나 난방은 심야 전기를 이용하는데, 주인아주머니가 나처럼 추위를 많이 타는 사람인지, 내가 추울까 봐 염려해서인지, 저녁에 귀가하면 방은 늘 따뜻하다. 집으로부터 독립을 한 것이 아니라 직장 때문에 몇 년 잠시 나와 사는 것이다 보니, 냉장고나 세탁기 등을 구입하기 애매한데 내 작은 원룸은 기본적인 가전이 구비되어 있다.

그래도 살다 보니 방이 두 개인 집으로 옮기고 싶은 마음이 종종 들 때가 있다.

"내 꿈은 거실에서 맥주 한잔하다가, 침실에 들어가 자는 거야."

원룸에서는 실현 불가능한 꿈을 말할 때마다 남편은 "아무것도 할 줄 모르는 너에게 딱 맞는 방이야. 그러니 방 옮길 생각 하지 말고 그냥 사는 게 좋을 것 같아."라고 말한다.

그래, 내가 아무것도 할 줄 모르는 사람이라는 것은 사실에 가깝다. 집을 돌보는 영역은 내가 젬병인 영역들 중 하나다.

내가 사는 원룸의 집주인 아주머니와 아저씨는 방 형광등 하나만 나가도 얼른 갈아준다. 이것저것 소소하게 망가진 것들을 언제나 흔쾌히 고쳐준다. 건물 1층이 주차장인데 주차 공간 한 칸을 늘 비워둔다. 자신들의 차는 골목에 댈지언정 말이다. 여기까지 말하고 나면, 내 방은 크기가 작다는 것 말고는 흠 잡을 데가 없는 완벽한 주거 공간이 되고 만다.

나는 '정리'를 잘 못하는 사람이다. 결혼하기 전, 식구들은 "집에서 현숙이가 어디에 누워 있다가 어디에서 뭘 먹고 뭘 하다가 어디로 이동했는지 다 알 수 있어." 했다. 뭘 치우거나 정리를 잘 못하니까, 머물렀던 곳마다 어질러져 있고 과자 봉지, 책 등의 이동 흔적이 남아 있던 거다.

결혼을 하고 보니 남편은 깔끔한 사람이었다. 내가 화장실에 머리끈이나 머리핀을 두고 나오면, 어김없이 화장대 위에 돌아와 있었다. 남편이 제자리에 가져다놓는 것이었다. 친구들에게 우리 남편이 이렇게 자상하다고 자랑했는데, 나중에 알고 보니 자상해서가 아니었다. 물건을 제자리에 놓지 않고 여기저기 어지르며 사는 나 때문에 스트레스 받아서 한 행동일 뿐이었다.

이렇게 대책 없는 나지만, 원룸에서는 정리를 부지런히 한다. 이유는 단 하나다. 하나를 정리하지 않으면 다른 하나를 펼쳐놓을 수 없기 때문이다.

예를 들면 이런 거다. 아침에 맨손체조라도 하려면 요와 이불을 개야 한다. 맨손체조를 할 수 있는 공간과 이불을 펼 수 있는 공간을 따로 확보할 수 없는 까닭이다. 저녁에 좌식 소형 테이블을 펼쳐놓고 뭐라도 먹고 나면 먹자마자 상을 치워야 한다. 이걸 치우지 않으면 이불을 펼 수 없기 때문이다. 책을 탑처럼 여기저기 쌓아놓는 것이 나의 취미인데, 책 탑을 수시로 정리해서 한쪽에 가지런히 쌓아둔다. 치우지 않으면 책 모서리에 신체의 일부분을 부딪힐 수 있기 때문이다. 라면이라도 끓여 먹고 나면 즉시 설거지를 해야 한다. 싱크대가 협소하니 늘어놓고 살 수가 없다.

콩알만 한 방이지만 나름의 공간 구획이 있다. 일 년 반 동안 나의 취침 공간은 일정했다. 성城 안에 들어가 일인용 요와 이불을 펴고 잤다. 사면四面으로 완벽하게 쌓은 성이 나를 지켜주었다. 누웠을 때 머리 위는 책들이, 좌측은 벽이, 발아래는 옷장이, 우측은 작은 담요를 접어서 둘러친 울타리가, 나의 성이었다. 매일 이 안에 들어가 잤다. 지난 일 년 동안 불면에 시달렸는데 이렇게 해야 안심하고 잠을 잘 수 있을 것 같았다. 그냥 그래야 할 것 같았다.

나 말고 아무도 없는데, 방이 넓지도 않은데 왜 꼭 방구석에 이불을 펴고 잤던가. 나도 이해할 수 없는 일이다,라고 쓰고 보니, 사실은 이유를 알고 있다. 태어나서 50년 만에 처음으로 혼자 산 시간이었다. 마음이 산처럼 단단하고 바다처럼 깊은 사람이 아니었고, 이것을 날마다 적나라하게 확인했다. 혼자 제법 잘 살 줄 알았는데, 나는 외로움을 무척 많이 타는 사람이었고 혼자서는 숙면을 취하지도 못하는 사람이었다. 그러니 2021년은 불면증과 눈물바람의 일 년이었다.

나의 공간 구획에 큰 변화가 생겼다. 원룸에 산 지 일 년 반 만이었다. 2022년 7월 3일 나를 지켜주던, 혹은 내가 갇혔던 '사면의 성'에서 탈출했다. 넓은 방 가운데에 떡하니 이불을 펴고 잠을 잤다. 이 쉬운 일을 일 년 반이 지난 뒤에야 할 수 있다니…. 광활한(?) 방 중앙에 이불을 펴고 대大 자로 누워 자니 마음도 펴지는 듯했다. 이날을 기점으로 심한 불면에서 조금 벗어났다.

새벽 네 시 정도에 깨면 베란다 창을 활짝 열고 방에 불을 켜지 않은 채 가만히 누워 있는다. 밖에서 새들의 합창 소리가 들려온다. 낮에 세상의 소음에 묻히는 새소리와는 다르게 선명하게 들린다. 새벽의 새들은 낮과는 다른 소리를 내는 것도 같다. 공원과 그 옆 나지막한 산에 사는 새들이 일제히 조금 조심스러운 소리로 합창을 한다. 어둠 속에 누워 새소리를 듣다가 알게 되었다. '편안한 마음'이라는 것이 이런 거구나. 낮의 번다함이 아직 끼어들지 못한 평평한 마음. 굴곡 없는 마음.

　좁은 것 말고는 흠 잡을 데가 하나도 없는 나의 코딱지 원룸을, 나의 콩알 자취방을 조금은 사랑하게 되었다.

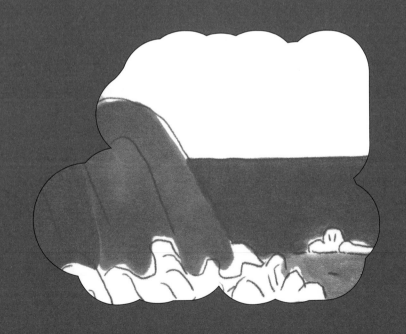

자다가도 일어나 가고 싶은 곳

바람맛도 짭짤한 물맛도 짭짤한

전복에 해삼에 도미 가자미의 생선이 좋고
파래에 아개미에 호루기의 젓갈이 좋고

새벽녘의 거리엔 쾅쾅 북이 울고
밤새껏 바다에선 뿡뿡 배가 울고

자다가도 일어나 바다로 가고 싶은 곳이다

– 백석, 「통영 2」 부분

좋아하게 되면 부지런해진다? 아니, 좋아하게 되면 무리하게 된다. 내가 그렇다. 나는 '적당히'가 잘 안 된다. 봄철 개두릅을 좋아할 때는 '그냥' 좋아하지 못하고 '미치게' 좋아한다. 봄철에는 자다가도 개두릅을 생각한다. 뇌의 절반이 개두릅이 되는 계절이다. 국카스텐 노래를 좋아할 때는 전국투어 콘서트를 보기 위해, 내가 전국 투어를 했다. 심지어 같은 학교에 근무하던 허보영 선생님*은 양치를 하러 가면서 "고장이 난 넌 서랍을 뒤적거리며~" 국카스텐의 '비트리올'을 자신의 의지와 상관없이 흥얼거렸다. 자신은 국카스텐을 좋아하지 않지만, 내가 옆자리에서 하도 틀어댔더니 무리하게 들은 부작용이었다.

삼척에 온 지 두 달 정도 지난 봄날이었고 토요일 아침이었다. 햇살이 환해서, 바람이 상쾌해서 무작정 차를 끌고 자취방에서 나왔다. 정라항에서 삼척해변으로 이어지는 길을 천천히 달렸다. 이 길은 옆에 삼척 바다가 펼쳐져 있다. 운전 중 자꾸 시선을 오른쪽으로 돌리게 되었다. 늘 보던 바다인데 힐끔힐끔, 자꾸 다시 보았다. 어라, 바다가 원래 이렇게

★   허보영 선생님과 나는 2015년부터 2017년까지 홍천여자고등학교에서 같이 일했고 같이 놀았다. 우리가 학생들과 함께 책을 읽은 기록을 공저 『독서 동아리 100개면 학교가 바뀐다』로 펴냈다.

이뻤나. 원래 이렇게 반짝거렸나. 바다가 이렇게 청순했었나. 아침 바다에 반한 날이었다. 아침 열 시의 봄 바다였다.

한낮의 바다는 부담스럽다. 맑은 날이라면 해가 하늘 중앙에 떠 있을 시간이다. 햇빛이 날것 그대로, 산란하게 세상에 퍼진다. 이런 햇빛을 받은 바다는 세상에 자신을 다 내놓은 듯하다. 적나라한 모습을 다 보고 싶지는 않아서 한쪽 눈을 감고 본다. 밤바다는 보이는 게 없다. '밤바다'라는 말은 서정적이지만 막상 밤바다에 서면 해변에 밀려왔다가 밀려가는 파도만 어둠 속에 보일 뿐이다. 게다가 깜깜한 바다는 무섭다. 해가 떠오르지 않은 새벽 바다는 어떨까. 약간 어두운 물결이 번들거린다. 친근한 마음 대신 경외敬畏의 마음이 든다.

아침 열 시의 바다는 묘한 매력을 지녔다. 태양은 수평선 위로 떠올랐지만 아직 하늘 정중앙까지 올라가지는 않았기에 바다에 햇살이 적절히 퍼진다. 햇살이 물결을 쓱 어루만지는 듯하다. 보통 맑은 날씨의 바다는 오전은 잔잔하다가 오후가 되면서 거센 바람이 불 때가 많으니 아침 바다는 얌전하다. 아가 같고 시작 같다. 청순하다.

평일 오전 열 시는 직장에서 한창 일하고 있어야 하는 시간이니 이 시간에 노상 바다를 보러 갈 수는 없다. 그러니 아침에 무리를 한다. 새벽에 어렴풋이 잠이 깨면 "아, 지금 바다에 가면 좋겠다.", 새벽에 일어나 졸다가 "바다나 가야겠다." 하며 보온병에 커피 한 잔 담아서 바다에 간다. 딱히 뭘 하지는 않는다. 그냥 우두커니 바다 앞에 서 있다가 오기도 하고, 파도에 밀려온 조개껍데기를 정신없이 줍기도 한다. 바다 앞에 쪼그리고 앉아 졸기도 하고 그러다가 다리에 쥐가 나기도 한다. 셀카를 몇십 장 찍고 그중 한 장 건져서 오기도 한다. 이를 못 하면, 출근할 때 일부러 둘러 가며 바다를 본다. 아침 바다를 슬쩍이라도 봐야 하루를 살아갈 기운을 충전할 수 있다. 청순한 물결을 내 안에 들이는 나만의 의식이다.

백석 시인은 통영을 "자다가도 일어나 바다로 가고 싶은 곳이"(「통영 2」)라고 말했다. 나에게도 그런 바다가 생겼다. 자다가도 일어나 가고 싶은 삼척의 아침 바다. 홀딱 반해서 무리하게 되는 아침 열 시의 바다.

시간의 길 그리고 시간을 잊는 길

삼척의 이곳저곳을 정처 없이 걷다가 '나만의 길'을 가지게 되었다. 삼척 시민 모두가 이미 알고 있을 길이지만, 이방인인 나의 마음을 사로잡았다. 해질녘에 혼자 걸었고 그리운 이가 삼척에 오면 함께 걸었다. 그래서 나의 마음이 이 길에 스미었다.

먼저 죽서루竹西樓 옆 골목 초입새에 백 년 묵은 가옥 앞으로 걸어간다. 일제 강점기에 지어진 가옥인데, 지금은 아무도 살지 않고 누구도 돌보지 않는 집이다. 제법 멋을 부린 집이다. 2층 창문 테라스 모양새가 지금도 예쁘다. 백 년 전, 저 방에 누군가 살았을 거다. 아침마다 예쁜 창문 여는 것을 좋아했을 테지. 백 년 된 집은 지붕의 시간, 흙벽의 시간, 테라스의 시간을 쌓았다. 또 사람의 시간, 풀과 나무의 시간도 켜켜이 쌓였다. 들어가볼 수 없고 누가 어떤 일상을 살았는지 알 수 없지만, 옆에 있는 이와 백 년이라는 긴 시간을 가늠해보노라면 아득해져서 쓸쓸해진다.

이 집에서 조금 더 걷다가 왼쪽으로 오십 걸음 걸으면 '대복 슈퍼'가 나온다. 이 슈퍼 건물의 나이도 백 살이다. 삼척시립박물관에서 펴낸 『삼척의 근대건축유산』*에서 이 건물의 사진과 내부 구조를 봤다. 책에서 보니 건물 외양뿐 아니라 내부 구조도 백 년 전 그대로인 채로, 슈퍼 그것도 대복 슈퍼로 살고 있었다.

이 슈퍼에 들어가본 적이 딱 한 번 있다. 내부는 얼마나 옛날 그대로일까 궁금한 마음이었다. 들어간 김에 사진도 찍고

★ 최장순, 삼척시립박물관, 2020.

주인장에게 이것저것 물어볼 작정이었다. 들어가니 조명이 침침했고 슈퍼 정경은 무척 어수선하였다. 예상하지 못했던 내부 모습에 당황하여 사진 한 장 찍지 못했다. 눈에 보이는 대로 사이다 한 캔 황급히 집어 구입하고 퇴장했다. 백 년이라는 시간은 사람에게도 건물에게도 긴 시간이다. 긴 시간이 흐른 끝에 사람은 또 건물은 어떤 결을 지니게 될까. 어떤 형태로 무너져 내릴까. 제각각일 수밖에 없다.

이제 뒤를 돌아 죽서루 쪽으로 걷는다. 죽서루는 고려 시대 원종 7년부터 존재했다고 알려져 있다. 조선 시대 삼척도호부의 객사였던 진주관의 부속 건물로, 지방 관리들의 접대와 휴식을 위한 누각이었다. 절벽 위 자연 암반을 기초로 지어져서 죽서루 아래를 받치고 있는 17개 기둥의 높이가 모두 다르다고 한다.* 정철의 「관동별곡」을, 삼척에 잠시 살았던 조선 시대의 여류시인 이옥봉을, 삼척도호부사로 재직했다던 허균을 떠올려도 좋다. 마당 한 편을 채운 푸른 대나무 숲이 좋고 죽서루 아래로 흐르는 오십천五十川 조망도 시원하지만, 좋은 사람과 함께라면 오십천 물결에 부서지는 5월의 햇살 한 조각만으로도 마음 꽉 찰 수 있다. 죽서루 공용 화장실 현관에 붙은 '뱀 조심'이라는 안내문에 그려진 귀여

운 뱀 그림만으로도 웃음이 터질 수 있다.

죽서루에서 나와 왼쪽 길로 접어든다. 오르막길을 걸어 올라가면 '삼척 읍성 성곽길*'로 이어진다. 이 길은 성내동 성당(국가등록문화재 제141호)까지 이어지는데, 성내동 성당 은 1946년에 문을 연 오래된 성당이다. 이 성당의 초대 주임 이었던 야고보 신부는 1936년 한국에 와서 선교 활동을 하 다가 한국전쟁 때 북한 군인에게 피살당했다고 한다. 야고보 신부를 기리는 마음이 깃든 성당이다.

이 길, 죽서루에서 성내동 성당에 이르는 길 걷는 것을, 나 는 좋아한다. 현실의 시간을 잊는 길이다. 일단 오가는 사람 이 적다. 이 길에 놓인 집들은 대개 50년 이상의 나이를 지닌 듯하다. 골목길은 평지가 아니고 오르막과 내리막이 조금 반 복되는 좁다란 길이다.

사랑하는 사람과 이 길을 걷는다면 어떨까. 좁은 골목길 을 앞서거니 뒤서거니 걷다 보면 두 사람은 멀찌감치 떨어져 걷고 싶어도 어깨가 닿을 듯 가까이 걸을 수밖에 없다. 비좁 은 골목이 세상의 전부처럼 느껴진다. 이 골목에, 이 도시에,

---

*　고려와 조선 시대에 삼척 읍성에 대한 다양한 기록을 바탕으로 재현하여 만든 길이다.

또는 이 우주에 둘만 있는 것 같은 착각에 빠질 거다.

두 사람이 걷는 계절이 마침 봄이었으면 좋겠다. 성당 올라가는 좁은 계단 옆에 아카시아꽃이 하얗게 소복하게 피었을 테니까. 아카시아꽃 향이 두 사람의 코에 당도하면 속이 조금 울렁거릴 거다. 울렁이는 마음이 꽃 향 때문인지 그리웠던 마음 때문인지 분간하기 어려울지도 모른다. 좁은 골목 급한 경사에 놓인, 높이도 폭도 모양새도 일정하지 않은 계단을 아슬아슬 내려오며 비틀거리다가 두 사람이 슬머시 손을 잡으면 더욱 좋겠다.

"이 집 마당의 텃밭 좀 봐요. 너무 귀엽지 않아요?", "이 집 주소 봤어요? 주소가 '○○번지의 앞집'이에요.", "마당 빨랫줄에 걸린 옷 좀 봐요. 티셔츠를 보니 아마 이 집에 남자 청소년이 사는 것 같아요."

세상의 빠름, 경쟁, 각박함이 끼어들 새 없는 이야기, 현실의 시간을 마냥 잊은 이야기가 오가는 길이다.

죽서루부터 성내동 성당에 이어지는 골목에서 느끼는 아름다움이 '삼척'이다. 삼척의 아름다움이다. 내게는 그렇다. 곁에 있는 '사람'을 코앞에서 바라보게 하는 고요한 시간, 세상의 무자비한 속도를 잊는 아득한 길, 지붕과 지붕 사이로 보이는 손바닥만 한 파란 하늘에 마음 저 아래가 가만히 흔들리는 시간, 이러한 시간과 공간에 빠져들 수밖에 없는 '주문맥文'이 곳곳에 스며 있다. 인간이 새로운 도시를 만든다 하더라도 인위적으로 만들어낼 수 없는 아름다움이 이 길에 있다.

정라항 그 집

삼척 정라항 앞 큰길을 걷다가 무심히 옆으로 눈을 돌리면 어디나 좁다란 골목이 있다. 비밀처럼 좁은, 그 끝을 알수 없는 길에 나도 모르게 발을 들여놓은 적이 있다. 이 계단을 올라가면 저 길로 이어지겠지. 막상 닿으니 막다른 길이었다. 이 집이 길 끝일 거야, 싶었는데 뒷집 마당으로 길이 이어졌다. 그 재미. 아무렇게나 던진 실타래가 풀어진 듯 제멋대로 뻗은 골목에 빠져 오르막을 걷고 또 걸은 날이었다. 호리병 같은 미궁迷宮에 홀린 즐거움이었다.

몇 번을, 아무렇게나 펼쳐진 골목을 걷는 재미에 빠져 걷다가 두 번이나 '그 집' 앞에 스르르 닿았다. 그 집은 아슬아슬했다. 고개를 치올려 보니 마치 벼랑에 매달린 새집 같았다. 내가 그 집을 찾아간 것은 우연이었다. 어쩌면 누구였더라도 그 집에 필연적으로 닿았을지도 모르겠다. 그 집이, 산동네 전체에 실핏줄처럼 뻗은 골목들이 궁극적으로 닿는 지점처럼 여겨진 까닭이다. 이리저리 걸어도 어느 쪽에서 출발

해도 결국은 닿게 되는 하나의 지점.

처음 그 집에 갔을 때는 초봄이었다. 벼랑 위에 놓인 아슬한 길을 20미터쯤 걸어야 그 집에 당도한다. 길옆에 설치된 스테인리스 난간을 붙잡고 걸어야 할 만큼 좁은 길이었고 두 사람이 나란히 걸을 수 없는 폭이었다. 그 집은 작았다. 방 한 칸, 부엌 한 칸이 다였다. 키가 큰 사람은 고개를 숙이고 들어가야 할 만큼 지붕이 낮았다. 마당은 수도와 빨랫줄, 그리고 바다가 전부였다. 방문 앞에서 다섯 걸음 걸어 나가니 벼랑 끝이었지만, 시선은 넓은 바다로 이어졌다. 좁고도 광활한 마당이었다.

빈집이었다. 빨랫줄에는 빈 옷걸이 하나가 바람에 달랑거리고 있었다. 수돗가 시멘트는 젖은 기색 하나 없었다. 사람이 산다는 것을 알려주는 자잘한 세간살이 하나 나앉은 것이 없었다. 영락없는 빈집이었다. 이렇게 아찔하게 아름다운 집을 두고 주인은 어디로 갔을까.

두 번째 그 집에 스르르 닿은 때는 여름에 가까운 늦봄 초저녁이었다. 땀을 흘리며 골목을 오르다 보니 또 그 집이었는데, 깜짝 놀랐다. 그 집으로 이어지는 아슬한 길이 지난번과 딴판이었던 까닭이다. 길은 풀꽃 천지였다. 이 집 주인은 일 끝내고 해 질 무렵, 집으로 돌아갈 때 이 풀꽃들을 눈으로 쓰다듬었겠네. 사람보다 먼저 풀꽃이 사람을 반겨주었겠네. 이 집에 살던 주인은 종종 어쩌면 내내, 이 집을, 집 초입새에 무더기로 핀 가느다란 풀꽃들을 그리워할 것 같다.

해가 저무는 뜰 끄트머리에 붉은 장미와 자줏빛 모란이 가득 피었다. 집주인은 이 계절을 좋아하는 사람이었을 것 같다. 아침에 일어나 마당에 나와 모란을 보고 씩 웃고, 저녁 어둠 속에 활짝 핀 장미를 보고 또 한 번 싱긋 웃지 않았을까.

집 앞 댓돌에 앉아 수돗가를 물끄러미 바라보는데 수도꼭지에 붉은 호스가 끼워져 있다. 초봄에는 없던 거다. 수도 옆 빨랫줄을 보니 바람에 흔들리던 옷걸이가 사라졌다. 이상한 기분이 들어, 뒤를 돌아보았다. 집 벽에 붙은 계량기에 불이 켜져 있다. 아, 빈집이 아니었다. 방에서 희미한 불빛이 새어 나오고 있었다.

사람이 사는 집이었다. 낯이 뜨거워졌다. 버젓이 사람이 사는 집인데 빈집이라 여기며 남의 집을 이리저리 살피고 사진까지 찍어댄 나의 무람없음이 당황스러웠다. 주인에게 들킨 행각은 아니지만 무례를 범한 기분이었다.

이내 마음이 서늘해졌다. 생의 구체적 기운이, 활기나 생기가 조금도 느껴지지 않는 집이었다. 이 집에 사는 사람의 생활 윤곽이 어렴풋이 짐작되었을 때 몸에 한기가 몰려왔다. 어린아이나 젊은 부부가 살았더라도, 식구가 여럿인 집이었어도 이런 기운일까. 빈집 같은 적막과 서늘한 기운을 내뿜었을까.

대로를 향해 급히 걸어 내려왔다. 눈물이 조금 흘렀다. 눈물을 이리저리 닦으면서 도망치듯 걸었다. 사람이 살고 있는 집이 이렇게 쓸쓸할 수 있을까. 생명체는 기운과 열기를 내뿜기 마련인데 이렇게 서늘해도 되는 건가. 당황스러운 마음에 슬픔이 뒤섞인 눈물이었다.

지금은 초여름 밤이고 달은 보름을 막 지나왔다. 그 집 마당의 여름밤 풍경은 어떨까. 달보다 환한 불빛이 방에서 흘러나오고 있을까. 사람 열기가 후덥덥하여 방문을 활짝 열어놓았을까. 시원한 바닷바람이 방 안까지 들어와 넘실거리고 있을까. 지금쯤, 그 집 마당 빨랫줄에 빨래가 가득 매달려 바람에 흔들리고 있으면 좋겠다. 틀어놓은 수도에서 쏟아지는 물방울이 투명한 구슬들처럼 밤하늘에 튀어 올랐으면, 벽에 매달린 계량기가 삶을 굴리는 바퀴처럼 힘차게 돌아가고 있으면 좋겠다.

도경리역에 가면

1.

삼척을 방문하는 이가 "삼척에서 꼭 가볼 만한 곳이 어디일까요?" 나에게 물으면, "도경리역桃京里驛에 가보세요." 말하곤 한다.

2021년, 학교 도서관에 갔다가 『삼척의 근대건축유산』이라는 책을 우연히 만났다. 몇 장 넘겨보니, 맙소사, 삼척에도 이렇게 오래된 건물들이 남아 있어? 신기했다. 이 책은 비매품이어서 시중에서 구입할 수 없었다. 낯가림이 심한 나는 부끄러움을 무릅쓰고 박물관에 전화해 책을 한 권 얻을 수 있는지 물어보았다. 담당자가 흔쾌히 우편으로 보내주겠다고 했다. 이렇게 해서 『삼척의 근대건축유산』은 내 손에 들어오게 되었다.

이 책에서 만난 삼척의 근대 건축 유산 중, 처음 찾아간 곳이 도경리역이었다. 사진으로 본 도경리역이 예뻤다. 아련한 느낌이었다. 5월 5일 어린이날, 도경리역에 갔다. 내비게이션에서 검색하니 '도경리역(폐역)'으로 나왔고 주소는 삼척시 도경북길 126이었다. 내가 사는 곳에서 불과 5킬로미터 떨어진 곳에 있었다.

내가 살아온 춘천은 두 개의 역이 있다. 춘천역과 남춘천역. 열차 노선은 단 하나다. 서울을 오가는 것. 기차역에 대한 나의 상상력은 좁고 얕았으려나. 삼척 IC를 조금 지나니 내비게이션이 우회전을 하라고 했다. 시키는 대로 우회전을 했다. 산골로 들어가는 오솔길이었다. 의아했다. 내비게이션이 계속 산골짜기로 들어가라고 하자 당황스러웠다. 아, 내비게이션도 길 안내를 잘못할 수 있구나. 일단 갔다가 유턴할 수 있는 넓은 곳이 나오면 돌아 나오자. 산을 오른쪽에 끼고 굽이굽이 산골로 들어갔다. 가다 보니 산비탈에 집도 서너 채 보였다.

이때, 저 왼쪽 열한 시 방향에, 연둣빛과 하늘색의 중간쯤되는 빛깔의 지붕을 얹은 작은 건물이 보였다. 설마 저것이 도경리역? 맞다. 도경리역이었다. 내 상식에서 역은 큰길에 있어야 하는데, 도경리역은 누가 작정하고 숨겨놓기라도 한듯 산속에 조용히 들어앉아 있었다. 이날, 기차역에 대한 춘천 사람의 빤한 상상은 무참히 깨졌다. 역은 꼭 큰길에 있는 것만은 아니었다. 산속에 숨어 있을 수도 있다.

도경리역 앞 광장 주차는 쉽다. 넓은 데다가 역을 찾아온사람이 나밖에 없으니 그냥 뭐 아무렇게나 자유분방하게 주차하면 된다. 차에서 내리니 자그마한 도경리역이 자기보다 더 작은 나를 보고 있고, 주위 산에서 새소리가 들려온다. 5월의 봄바람도 산들 불어온다. 역 광장 앞은 산비탈을 일군 밭인데, 어떤 아저씨가 혼자 밭에서 일하고 있다. 인적 드문 산골이다.

도경리역은 1939년에 지은 한 층짜리 목조 건물이다. 영동선에서 가장 오래된 역 건물이라 한다. 그동안 큰 변형 없이 당시 건물의 형태를 보수하면서 유지해왔다. 이 건물의 독특한 점은 일본식 기와를 얹은 맞배지붕이라 하는데 건축 지식이 없는 내가 봐도 예뻤다.

이 역은 2009년 이후 기차가 정차하지 않는 '폐역廢驛'이 되었다. '폐역'이라는 말이 슬프다. '폐廢'는 폐기처분, 그러니까 용도가 다해져 버려진 느낌이랄까. 아무튼 1940년부터 2008년까지 이 역에 기차가 서고 출발했다. 삼척 사람들은 역 대기실에서 기다리다가 기차에 탔을 거고, 기차를 타고 어딘가에 갔던 삼척 사람들은 도경리역에 내려서 자기 집으로 총총히 돌아갔을 것이다. 누군가는 기차가 싣고 오는 사람을 조금이라도 일찍 보고 싶어서 일부러 역에 마중을 나오기도 했을 것이고, 기차가 태우고 떠날 사람을 더 보고 싶어서 역까지 배웅하기도 했을 것이다.

도경리역 연둣빛 지붕에 68년 동안의 누군가의 기쁨과 누군가의 슬픔, 기뻐서 또 슬퍼서 맺힌 눈물이 차분하게, 두텁게 내려앉은 듯했다. 일본은 석탄 자원을 약탈하느라 철도와 이 역을 만들었지만, 역에서 만나고 헤어지는 이들의 시간과 냄새가 스며든 공간이 되었다.

『말을 캐는 시간』(서해문집, 2021)을 비롯해 역사를 테마로 한 청소년소설을 많이 쓴 윤혜숙 작가의 고향이 강원도 태백이다. 작가님은 도경리역을 알고 있었다. 어렸을 때 태백에서 기차를 타고 도경리역에 내린 적이 있다고 한다. 그때 기차에서 내려 역 광장에 나가면 중국 음식점이 있었다고, 작가님은 기억하고 있었다. 기차에서 내린 사람들을 태워 가려고 시내버스가 기다리고 있던 풍경을 잊지 않고 있었다.

지금은 도경리역 철로로 기차가 지나가긴 하지만 정차하지는 않는다. 그럼에도 역 안의 대기실 모습과 역무실 모습을 보전하고 있다. 미닫이문을 옆으로 드르륵 열고 대기실에 들어간다. 다른 세상의 시간과 공간으로 이동하는 것 같다. 도경리역이 주는 선물이다. 그렇게 특별한 시간으로 잠시 들어가는 착각. 다른 세상의 시간으로 함께 달아나고 싶은 이가 있다면 도경리역에 꼭 가야 한다.

대기실에 운임표가 붙어 있다. 이 역에서 갈 수 있는 곳과 요금을 적은 글씨가 선명하다. 가장 가까운 역은 미로와 망상역이고 가장 먼 곳은 경북 영주다. 고속도로 정비가 잘 안 되어 있고 자동차가 많지 않던 시절, 삼척에서 서울에 가려면 도경리역에서 기차를 탔다고 한다. 도경리역에서 경북 영주까지 가고, 영주에서 기차를 갈아타고 청량리역까지 갔다고 한다. 삼척에서 서울에 가려면 꼬박 하루가 다 걸리지 않았을까. 먼 여정이었겠다.

그리운 이들이 삼척에 오면 나는 꼭 도경리역에 데려간

다. 같이 대기실 미닫이문을 드르륵 연다. 서로 마주 보며 웃는다. 웃음이 지어질 수밖에 없는 순진하고 예쁜 문이다. 대기실에 붙은 기차 운임표를 보며 상상한다. 같이 미로역에 내려서 낯선 풍광에 두리번거리는 모습. 여기서 가까운 묵호역에 내려 공기를 훅 들이마시며 바다 냄새를 맡으려 애쓰는 모습. 영주까지 가는 기차 안에서 삶은 달걀을 까서 건네는, 지루할 정도로 오래오래 함께 기차를 타고 가다가 꾸벅꾸벅 졸기도 하는 상상. 같이 간 이가 문득 "그런데 기차표는 여기서 안 팔아요. 승차권은 차 안에서 발매한대요. 그렇게 쓰여 있어요." 한다. 우리는 이미 도경리역에서 기차를 탔다. 마음은 그렇다.

철로 쪽으로 가는 문은 잠겨 있다. 역무원이 근무하지 않는 역이어서 안전 문제로 들어갈 수 없다. 무단으로 들어가면 벌금을 내야 한다고 쓰여 있는데, 한 번 문이 열려 있던 적이 있어서 철로 쪽에 들어가봤다. 원래의 지붕에서 옆으로 확장해서 이어 붙인 지붕 아래에 철로 쪽으로 가는 문이 있다. 광장에서 보는 도경리역보다 철로 쪽에서 보는 도경리역을, 나는 좋아한다. 광장 쪽에서 보면 대기실 들어가는 문 위가 맞배지붕인데, 철로 쪽에서 보면 맞배지붕을 얹은 위치가 다르다. 역무실 위가 맞배지붕이다. 역무실 쪽이 건물 앞으로 돌출되어 있다. 역무실에서 기차를 타고 내리는 사람들과 철로를 잘 보기 위한 구조라 한다. 돌출된 부분의 상단부, 앞과 양 옆이 다 창窓이다. 창이 제법 큰 셈이다. 격자창인데, 바둑판처럼 가로세로 일정한 간격으로 짠 격자창의 나무 창틀에 연한 하늘색 페인트를 칠했다. 처음엔 진한 색을 칠했는데 시간이 지나면서 빛이 바랬는지도 모르겠다. 역무실 창문은 무척 아름답다. '쓰임'을 염두에 두고 만들어진 것이 아니라 아름다움을 목적으로 만들어진 것 같다. 그렇게 예쁘다. 내 눈은 한참 이 창에 머물렀고, 마음을 곧 빼앗겼다.

2.

삼척에 손님이 올 때마다 도경리역에 가다 보니 도경리역의 사계절을 보게 되었다. 역무실 창 앞에 복사꽃이 핀 봄, 야외 화장실 건물 옆에 강아지풀이 바람에 가만가만 흔들리는 여름, 역 앞의 산 중턱에 아기 고라니가 서서 나를 물끄러미 바라보는 가을, 흰 눈이 역 광장을 하얗게 덮은 겨울을 마음에 간직하고 있다.

한번은 초여름이었는데, 삼척에 놀러 온 가족과 함께 도경리역에 갔다. 이때가 유난히 기억에 남는다. 왜 그런가 생각했더니, '시간'이었다. 이들과 함께했던 삶의 시간이 도경리역의 시간에 겹쳐진 거다. 그때 온 이들은 나의 언니, 남편, 딸, 시어머니였다.

언니는 나보다 아홉 살이나 많다.

"내가 널 업고 나가서 고무줄놀이를 뛰었어."

언니는 이 말을 나에게 오십 번도 넘게 했다. 내 나이만큼
의 시간을 함께해온 사람이고, 엄마가 세상을 떠난 이후로는
약간 '엄마'의 마음으로 나를 생각하는 것 같은 사람이다.

언니는 다양한 반찬을 만들어 내 손에 쥐여준다. 유리병
에 담긴 걸 줄 때는 손아귀 힘이 약한 내가 못 열까 봐 미리
따서 내용물이 쏟아지지 않을 정도로만 잠가서 준다. 삼척에
서 자취 생활을 하는 내 이불을 철철이 사주었다. 엄마의 마
음인 것이 분명하다. 남편은 스물여덟 살에 만났으니 20년
이 넘는 시간이 우리 사이에 쌓였다. 서른 살에 낳은 내 딸
도, 딸을 낳은 이후 같이 지내게 된 시어머니와의 시간도
20년이다. 그래서였을까. 당시는 무덤덤하게 사진만 찍었는
데, 이들과 도경리역에 갔던 시간이 갈수록 짙어진다.

그때 시어머니는 알츠하이머 초기였다. 최근의 일을 자주
잊어버리는 것 말고는 일상생활과 사람들과의 대화에 별문
제가 없었다. 시어머니는 도경리역 가는 길에 차에서 잠깐
잠이 드셨다. 역에 도착해 눈을 뜨고는 깜짝 놀라 "서연(손녀
딸)이가 지금 기차 타고 서울 가는 거야?" 한다. 시어머니는
손녀딸이 지금 당장 기차를 타고 서울로 떠나는 줄 아셨던
거다.

시어머니와 손녀딸의 사이는 각별하다. 내가 직장 생활하

느라 육아를 충실하게 하지 못해 생긴 공백을 시어머니가 다 채워주셨다. 내 딸에게는 할머니라기보다 또 다른 '엄마'에 가까운 존재였을 거다.

한번은 딸에게 물었다.

"서연아, 너는 할머니와 지낸 시간 중 어떤 시간이 가장 많이 생각 나?"

"음, 내가 어렸을 때부터 초등학교 고학년 될 때까지, 아침마다 할머니가 나 앉혀놓고 머리 빗겨주고 묶어주던 생각. 그리고 고등학교 졸업할 때까지 할머니가 한 번도 빠짐없이 아침밥 차려줘서 밥 먹고 학교 가던 생각. 아침밥 안 먹고 학교 간 적이 한 번도 없었어."

딸에게 물어보길 잘했다. 물어보지 않았더라면, 나는 영영 '모르는 시간'의 이야기였을 테니까. 딸이 기억하고 있는 할머니와의 시간, 할머니가 머리를 빗겨주고 아침밥을 차려주던 시간은 내가 없는 시간, 나는 이미 출근한 이후의 시간이었으니 말이다. 할머니와 손녀딸은 둘만의 시간이 있다. 두 사람만의 시간에 만들어진 이야기, 그들만의 서사가 있다. 그런 손녀가 갑자기 도경리역에서 기차를 타고 떠나야 하는 상황은 시어머니에게 별안간 들이닥친 슬픈 소식이었을 거다.

이제는 이 역에서 아무도 떠나지 않는다. 누구도 이 역으로 돌아오지 않는다. 당신의 손녀딸이 기차를 타고 가버릴까 놀라 걱정하는 할머니를, 도경리역이 말없이 보고 있었다. 이 모습을 보는 도경리역은 어떤 마음이었을까. 역에 깃든 시간이 80년이다. 공교롭게 시어머니가 살아온 시간도 80년이다.

사람은 시간을 걷고 누리지만, 시간에 사로잡힐 수밖에 없다. 그렇게 연약한 존재다. '지금'을 살지만 지나온 시간을 아쉬워하고 아직 오지 않은 시간을 알 수 없어 불안해하는, 한계가 분명한 존재. 시어머니는 지금 어떤 시간을 걷고 있는 걸까. 시어머니의 지난 시간은 어떤 순서와 속도로 지워지고 있고, 병이 깊어질 날은 얼마나 흐릿하고 좁다란 시간일까. 병은 한 사람의 몸에 응축된 80년이라는 시간을 어떻게 허물어뜨리는 걸까. 알 길이 없다.

그날 우리는 맛있는 밥을 함께 먹었고 바람을 맞으며 바닷가를 걸었다. 서로의 웃는 얼굴을 들여다보았다. 이것이 시간에 사로잡힐 수밖에 없는 인간이 할 수 있는 최선의, 최고의 애씀 아니었을까. 그날의 시간을 그렇게 기억하고 있다.

들깨칼국수를 먹으면 꼭 거울을 보세요

- 북평주막 ①

북평장에 가면 주막이 있다. 북평주막. 낯을 가리는, 볼이 발그레하고 얼굴이 동그란데 체형마저 동그란 아주머니가 사장님이다. 사장이자 주방장이고 음식 서빙과 카운터까지 맡고 있다. 처음 주막에 갔을 때 아주머니는 조금 쌀쌀맞은 사람 같았다. 아주머니가 테이블에 놓은 반찬의 위치를 내가 바꿨더니 안 좋아하는 표정이 얼굴에 스쳤다. 주인장이 놓은 반찬의 배치는 다 의미가 있으니까.

주막에 서너 번 가니, 휴대폰으로 자신이 집에서 키우는 강아지 사진을 나에게 보여준다. 서비스 안주로 생굴을 몇 알 준다. 그동안 왜 안 왔냐는 인사도 살짝 웃으면서 한다. 얼굴을 익히면 살가워지는 사람이다.

아주머니는 산으로 둘러싸인 강원도 평창에서 자랐지만 물고기 요리도 잘한다. 가자미를 맛있게 찌고, 생김새는 비슷하나 맛이 다른 가자미 구별도 잘한다. 나에게 자랑도 한다. 자기가 곰칫국을 맛나게 끓인다고. 콩나물무침, 시래기나물볶음, 시금치무침, 가지무침. 아주머니가 내는 찬들은 수수하다. 철마다 시장에서 흔한 재료로 만드는 것들이다. 집에서 식구들 먹이려고 한 것 같은 반찬들. 반찬이 맛있다고 하면 아주머니는 '활짝'은 안 웃고 '씽긋' 웃는다.

들깨칼국수. 아주머니가 만든 음식 중 내가 가장 좋아하는 거다. 들깨 범벅 칼국수라 불러야 마땅하다. 들깨밭이 한 마지기 통째로 입 안 가득 밀려들어오는 맛이다. 들깨칼국수를 먹는 나만의 괴이한 방법이 있다. 먼저 국수를 전혀 안 먹고 되직한 국물만 숟가락으로 연신 퍼먹는다. 그러다 보면 숟가락을 내려놓고 싶어지는 순간이 온다. 구수한 국물을 숟가락으로 떠먹고 있자니 감질이 나서다. 그릇째 들고 마시고 싶은 구수함이다.

한번은 떠보듯 물어보았다.

"사장님, 칼국수에 조미료도 조금은 넣으시죠?"

사장님은 화들짝 놀라 "조미료 전혀 안 넣어요!" 한다.

"그런데 어떻게 이렇게 구수해요?"

"소금이랑 들깨만 넣은 거예요."

"우아! 진짜요? 너무 맛있는데…."

미심쩍어했더니 이렇게 덧붙인다.

"소금, 들깨에 감자, 대파, 물이랑 국수만 넣었어요. 들깨를 아주 듬뿍 넣어야 하고, 감자는 조림하는 그런 감자 말고 분이 나오는 감자를 넣어야 국물이 구수해요."

사장님을 한번 떠봤다가, 들깨칼국수 레시피까지 알게 되었다. 아주머니는 감자의 품종을 정확하게 알지는 못하지만,

어떤 감자를 조림에 써야 하고 어떤 감자를 들깨칼국수에 넣어야 하는지 알고 있다.

칼국수를 다 먹었으면 얼른 거울을 봐야 한다. 그 많은 자잘한 들깨들이 어디로 가겠는가. 더러 몇 알이 잇새에 끼지 않으면 오히려 괴이한 일 아닐까. 특히 좋아하는 사람과 단둘이 들깨칼국수를 먹고, 거울을 안 본 채 씨이익 웃었다가는 큰일 난다.

뽀얀 콩국수와 주홍 한련
- 북평주막 ②

북평장은 1796년 조선 시대 정조 때 시작된 오래된 시장이다. 지금은 3, 8일이 장날인데, 정조 때도 3, 8, 13, 18, 23, 28일이 장날이었다고 하니 3과 8이라는 숫자의 연륜이 예사롭지 않다. 북평장은 강원도에서 가장 큰 장이고, 전국에서 삼대 장(모란장, 익산장, 북평장)에 꼽힌다.

북평주막은 시장의 광장 공간 한편에 있다. 동해시에서 광장에 건물을 두 채 짓고 주막으로 세를 주었다 한다. 아마 전통 있는 오일장의 분위기를 만들고 싶었던 듯하다. 북평주막 사장님은 월 20만 원 정도를 동해시에 내면서 식당을 운영하고 있다.

주막 건물의 구조와 재질은 겨울이 없는 더운 나라에 적절하다. 4인용 테이블 다섯 개와 작은 주방이 있는, 옆으로 긴 모양새의 건물인데 창문이 열 개가 넘는다. 건물 측면은 다 창문이다. 그것도 단열이 전혀 안 되는, 보기에만 예쁜 장식용 창이다. 벽도 얄팍해서 단열이 잘 안 된다 한다. 겨울은 외풍이 말도 못해 발이 시리고, 여름은 찜통 같아 앉아 있기가 힘들다고 한다.

북평주막에 처음 갔던 때는 2021년 초여름이었다. 가족이 삼척에 여행 왔다가 마침 북평장날이어서 장 구경을 했다. 지나가다가 식당 앞에 작고 예쁜 화분을 많이 내놓은 북평주막에 우연히 들어갔다. 주방 쪽을 슬쩍 보니 스댕(스테인리스) 밥그릇을 엎어서 피라미드 모양으로 탑을 쌓았다. 스댕 공기는 형광등 불빛을 받아 반짝, 빛났다. 소박하고 귀여운 품위랄까. 그런 것을 느꼈다. 주방 안쪽을 살짝 들여다보았다. 개수대 옆 벽면이 알록달록 꽃자리 같다. 거기에는 이런 것이 어울려 있었다. 빨간 상보자기, 주황 뒤집개, 노랑 바가지, 분홍 장갑, 연두 행주. 이 찬란한 배합. 화려하고 세련된 아름다움은 아니지만 자신의 생업 장소를 이리 단정하게 꾸민 사장님이라면 왠지 음식도 맛있을 것 같았다.

그날, 나의 가족(남편, 시어머니, 나의 언니, 딸)이 주문한 음식은 곤드레밥, 감자전, 들깨칼국수였는데 다들 만족스러운 나머지 내일 또 오자는 결의를 다졌다. 지켜지지 못한 약속이었다. 놀다 보니 다른 음식점에 갔기 때문이다. 그날 이후, 나는 가끔 북평주막에 갔다. 직장 동료와 가기도 하고 삼척에 놀러 온 친구들과 가기도 하고 혼자 가기도 했다.

내가 태어나고 자란 강원 영서를 떠나 영동, 그것도 강원도 영동에서 가장 아래 지역인 삼척에서 잠시 살게 되었는데, 나는 혼자 살아본 적이 없는 사람이었다. 맨날 엄마 아빠와 살다가 결혼해서는 남편과 살았다. 나는 성질이 조금 못 돼먹기는 하지만 옆에서 누가 끝없이 챙겨주어야 하는 어수룩한 사람이었다. 어수룩한 사람은 이런 결심을 했다. 삼척에서 일인분의 삶을 사는 동안 밥을 해먹지 말아야지. 어차피 하루 중에 가장 중요한 점심은 학교에서 먹으니까 집에서 음식을 안 한다 해도 그다지 아쉽지 않았다. 오히려, 치울 음식물 쓰레기도 없고 음식 냄새 날 일이 없어서 간편하고 좋았다.

주말에 삼척에 있을 때는 느낌이 달랐다. 어떻게든 하루에 한 끼는 제대로 먹어야 하는데 주말은 학교 급식을 먹을 수 없으니 말이다. 이곳저곳에 가서 이것저것을 먹어보았다. 삼척시장 오래된 중국 음식점에서 짜장면도 먹고, 정라항에서 생선구이도 먹고, 곰칫국도, 어딘가에서 두부도 김밥도

국수도 먹었다. 다시 가게 되는 곳은 주로 나를 반겨주는 음식점이었다. 음식 맛이 괜찮아도 왠지 냉대가 느껴지는 곳은 다시 가지 않았다. 나는 반주飯酒를 즐기는데, 술을 주문하는 나를 대놓고 못마땅하게 여기는 식당도 있었다. 못마땅하다는 말을 하지는 않았지만 표정이, 눈빛이 그렇게 말하고 있었다. 아마 여기가 시골이고 내가 여자여서 그런 듯했다.

한번은 북평주막에 할머니가 혼자 오셔서 옆 테이블에 앉더니 콩국수를 주문했다. 사장님은 뽀얀 콩국수 위에 주홍 한련 한 송이와 연두색 오이 채 썬 것 한 줌을 가지런히 올려 할머니 앞에 놓았다.

할머니가 국수 그릇을 보고 말씀하셨다.

"아이, 예뻐라. 참 고맙네."

콩국수 한 그릇 앞에서 두 사람의 마음이 만났다. 여름 더위를 막지 못하고 겨울 추위를 제대로 가리지 못하는 허름한 식당에서 뽀얀 콩국수 위에 곱게 채 썬 연두 오이와 주홍 한련화를 얹은 북평주막 아주머니의 마음과 이 마음을 알아차리고 예쁘다고, 참 고맙다고 말하는 할머니 손님의 마음이 만났다.

콩국수야 재료가 빤하지 않은가. 콩과 소금과 국수. 그러니 국수를 쫄깃하게 삶는 기술과 어지간히 형편없지 않은 콩국물을 어지간히 진하게 주는 인심이면 다 거기서 거기일 것 같다. 어쩌면 콩국수를 한 번도 만들어본 적 없는 나의 착각일지도 모른다. 아무튼 내 옆자리 할머니가 콩국수 그릇을 마주하고 "아이, 예뻐라. 참 고맙네." 혼자 내뱉은 자그마한 말의 이유. 나도 그 마음을 알 것 같았다. 주홍 한련 꽃이 나를 반기는 마음이고 나를 위한 정성이라는 것을 알아차렸기 때문이겠지.

주막에서 만난 남자
- 북평주막 ③

겨울 초저녁이었는데 나는 북평주막에 있었다. 화장실이 바깥에 있어서 나갔다가 들어오는데 입구 바로 옆 테이블에 앉은 어떤 아저씨가 마치 아는 사람처럼 나를 보고 씨익 웃는다. 모르는 사람이었다. 아저씨는 추운 나라에서 온 사람인 양 갈색 털모자를 푹 눌러쓰고 있었다. 저 북쪽, 흰 눈이 두텁게 쌓인 너른 숲속을 헤매고 다니는 사냥꾼을, 나는 떠올렸다. 아저씨는 혼자 가자미조림에 소주를 마시고 있었다.

내가 테이블에 앉자, 아저씨가 나에게 말을 걸었다.

"저는 오일장을 돌아다니며 과일 팔아요."

"강원도 오일장요?"

"아뇨. 전국을 다 다녀요. 강원도 오일장을 많이 다니긴

하죠."

오일장을 돌아다니면서 물건을 파는 직업인을 만난 것은 태어나서 처음 있는 일이었다. 호기심이 구름처럼 일어나 몇 가지 물어보았다.

"오일장 돌아다닌 지 얼마나 되셨는데요?"

"한 십 년 됐어요."

"원래 집도 강원도세요?"

"아뇨. 집은 나주예요."

"그러면 집에 잘 못 가시겠네요."

"집은 한 달에 한 번 정도 가요."

"계속 돌아다니며 일하면 피곤하지 않으세요?"

"싸나이잖아요. 괜찮아요. 벌이도 좋고, 가겟세 낼 일도 없어서 할 만해요."

"아, 그러시구나."

건너편 테이블에 앉아 있던 아저씨가 갑자기 소주병과 가자미조림 접시를 들고 내 쪽으로 다가왔다.

"아니 왜요?"

"같이 마시려고…."

나는 놀라서 제법 정색을 하고 말했다.

"저는 혼자 먹는 게 좋아요. 그리고 이제 다 먹어서 갈 거예요."

아저씨는 머쓱하게 다시 자기 자리에 가 앉더니 사장님에게 큰 소리로 외쳤다.

"저 처자 안주 하나 만들어주세요. 드시고 싶은 걸로."

"아녜요. 저 이제 갈 거예요." 하고선, 실내에서 곱게 키워 파는 다육이 화분을 사 가려고 사장님과 이야기를 나누고 있었다. 아저씨가 또 끼어든다.

"화분 값은 제가 낼게요."

아무래도 그냥 집에 가는 게 낫겠다 싶어 얼른 택시를 불렀다.

"택시비는 제가 내드릴게요. 근데 어디 사세요?"

"삼척 살아요. 택시비는 제가 낼 거예요."

"삼척장에도 가는데 삼척장날 가서 연락해도 되죠?"

"당연히 안 되죠."

"왜 안 돼요?"

"안 돼요. 직장도 가야 하고…."

언성이 약간 높아지기는 했지만 나의 마지막 대답은 못나고 궁색했다. 나한테 연락할 일이 없지 않냐 똑똑하게 말했어야 했는데…. 아저씨 직업에 궁금증이 일어 이것저것 물어보았는데, 이분은 자신에 대한 관심으로 알았던 걸까. 당황스러웠고 조금 무서웠다. 일단 식당에서 나가야겠다는 생각에 일어서는데, 아저씨가 점퍼 안주머니에서 뭘 주섬주섬 꺼

낸다. 만 원권 돈을 묶은 돈다발이었다. 돈다발을 꺼내 내 앞에 부채처럼 활활 흔들면서 "장으로 돌아다녀도 저 돈 잘 벌어요." 한다. 자신이 오일장으로 돌아다니며 일하는 사람이라서 내가 무시하는 마음에 상대하지 않는 거라 여겼던 걸까.

"예, 잘 드시고 가세요."

"난 그냥 나랑 얘기해줘서 고마워서 그런 건데….."

아저씨 얼굴을 다시 보았다. 검고 붉고 거칠다. 아저씨가 입은 겨울 점퍼는 지나치게 두껍고 투박하다. 돈다발을 들고 흔드는 손도 투박하고 검붉다. 그제야 아저씨가 쓴 털모자를 이해했다. 오일장에서 오일장으로 떠도는 삶이 편안할 리 없다. 겨울 찬 공기와 바람에 온종일 몸을 내놓고 돈을 버는 삶이 안온할 리 없다. 이것이, 먼 북쪽의 사냥꾼을 떠올릴 만큼 큼직한 털모자를 깊이 눌러쓴 까닭이려니….

집에 돌아오는 택시 안에서 아저씨가 돈다발을 흔들던 장면이 떠올랐다. 어쩐지 슬펐고 조금 쓸쓸해졌다. 겨울철 세찬 바람을 피하지 못하고 일하는 삶이, 온종일 장터에서 꽁꽁 언 몸에 소주를 들이붓고 얼굴이 벌게지는 고단한 저녁이 말이다.

이날 이후, 두 달 정도 주막에 가지 않았다.

콩나물은 아삭아삭, 대구탕은 보글보글

1.

2021년 봄, 허보영 선생님이 삼척에 놀러 왔다. 허보영 선생님은 같은 학교에서 근무하다가 친구가 된 사람이다. 자기 발로 온 건 아니었고, 내가 충청도에 출장 갔다가 돌아오면서 원주 고속도로 입구에서 태워 왔다. 보영 선생이 삼척에서 꼭 가보고 싶어 하는 곳이 있었다. 번개시장.

번개시장은 아침에만 번쩍, 번개가 치듯 열렸다가 파하는 시장이다. 1927년 이곳에 처음 시장이 섰고, 1970년대에 지금의 번개시장으로 자리 잡게 되었다 한다. 채소, 과일, 건어물도 팔지만 싱싱한 물고기, 해산물을 살 수 있는 '어시장'이다. 다음 날 아침, 우리는 세수도 안 한 채 일곱 시 반쯤 번개시장에 갔다. 보영 선생이나 나나 강원도 내륙에서 살아왔으니, 어시장 구경은 흥미로웠다. 싱싱한 물고기를 팔기도 하고, 생선회 뜬 것을 팩에 담아 팔기도 하고, 꾸덕하게 말린 생선을 팔기도 했다.

번개시장은 크지 않다. 자그마한 시장이다. 물건을 사지 않고 둘러보기만 한다면 10분이면 충분할 정도다. 시장 뒷골목으로 들어가보았다. 허름한 지붕, 낮은 집들 틈에 식당이 두어 곳 있다.

　어느 식당 앞을 지나는데 좁은 골목에 한 할아버지가 서 있다. 할아버지는 키가 큰 편이고 몸이 꼿꼿한 사람이다. 와이셔츠를 양복바지 안에 넣어 단정하게 입고 서서, 식당 밖에 내놓은 전기 그릴에 생선을 굽는 중이었다. 번개시장의 모든 게 신기한 나는 그릴 안에서 고등어가 지글지글 익는 모습을 찰칵, 찍었다. 이 음식점에서 밥을 사 먹지도 않을 거면서 사진을 찍는 행위는 늘 신경 쓰인다. 미안하기도 하고 민망하기도 하다. 얼른 사진을 찍고 도망가려는 마음이었는데, 할아버지가 옆으로 살짝 비켜주신다. 말은 안 했지만 동작과 표정만으로도 마음이 전해졌다. 편하게 마음껏 찍으세요. 별거 아닌 걸, 뭘 사진까지 찍어요. 이런 마음이었다.

　"고맙습니다. 다음에 밥 먹으러 올게요."

　"아, 예, 뭐. 허허허."

　'다음'은 불현듯 찾아왔다. 얼마 뒤 일요일 오후 한 시쯤, 할아버지가 생선을 굽던 식당이 퍼뜩 생각났다. 당장 갔다. 지난번과 달리 식당 앞이 한산하다. 손님도 보이지 않는다. 유리로 된 출입문을 옆으로 밀어서 여니, 오른쪽이 주방인데 아주 작다. 주방 옆의 방문을 드르륵 옆으로 밀어 열었더니 두 사람이 각자 모로 누워 있다. 한 사람은 방 왼쪽에, 또 한 사람은 방 오른쪽에 멀찌감치 떨어져 누워 있다. 할아버지와 할머니였다.

"안녕하세요. 지금은 밥 안 되나요?"

"우린 아침밥 장사만 하는데…."

번개시장이 아침에만 열리는 시장이니, 시장 골목의 음식점도 아침밥 장사만 하는 거였다. 나는 '멋모르고 찾아온 손님'이었다. 할머니가 "왜? 뭐 먹으려고요?" 물어서 "밥 먹으려고요." 했더니 "밥하고 생선은 있는데 반찬이 김치밖에 없어. 아침에 다 팔았어." 하신다.

지금 나는 방에 앉아 있다. 둘러보니 음식점에 왔다기보다 누군가의 집에 온 듯하다. 검은색의 자개 장롱이 있고 자녀와 손주들의 사진이 벽에 붙어 있다. 자녀들은 잘 자란 듯하고 손주들은 사랑스럽다. 사진에서 느껴진다. 자식을 잘 키워냈다는 자부심과 안도의 마음, 자녀와 손주들이 잘 살기를 바라는 기원의 마음. 식당 홀이 할아버지와 할머니의 방이다. 영업의 공간과 일상의 공간이 구별되지 않는 식당이다. 4인용 좌식 테이블을 방에 펼치면 식당이 되고 이 테이블을 옆으로 밀어 치우면 두 분의 침실이자 거실이 된다. 손님용 음식을 만드는 주방은 두 분의 양식을 만드는 부엌이기도 한 거다.

할머니는 주방에서 밥을 차리고 할아버지는 가게 밖에 나가 생선을 구우신다. 방에 나 혼자만 남게 되어, 실컷 방을 둘러보았다. 텔레비전이 켜져 있고 그 앞 양쪽에 캠핑용 의자가 하나씩 놓여 있다. 아, 딱딱한 방바닥에 앉으려니 허리가 아프시구나. 영업장과 일상의 공간을 겸해야 하니 큰 소파를 놓을 수 없어 손님이 없을 땐 캠핑용 의자를 펼쳐 앉고, 영업할 때는 의자를 접어서 넣는구나.

할머니 말씀대로 반찬은 김치뿐이었는데, '김치들'이었다. 배추김치, 오이소박이, 열무김치, 깍두기 그리고 김구이, 여기에 할아버지가 구워준 고등어 한 토막, 된장찌개와 밥. 김치를 종류별로 먹어보는 점심 식사였다. 찬찬히 보니 할머니가 직접 요리하지 않은 반찬은 김 하나였다. 4종 김치 세트 모두 할머니가 직접 담근 김치였다. 귀한 반찬들을 맛보게 되었다.

내 밥을 차려준 후, 두 분은 캠핑용 의자에 앉아 텔레비전을 본다. 내가 오기 전에는 누워 계셨는데, 7000원짜리 백반을 먹으러 온 손님 때문에 일어나 의자에 앉아 있다. 새벽에 일어나 아침밥 장사하고 이제 한숨 주무시며 쉬는 시간이었을 텐데 조금 미안해졌다. 눈치 없는 손님이 되었다.

두 분의 연세는 칠십 대 후반쯤일 듯하다. 나의 부모뻘인데, 내 엄마와 아빠는 무엇이 급하셨는지 세상을 급히 떠나셨다. 아빠는 예순을 조금 넘긴 나이에, 엄마는 일흔을 조금 넘긴 나이에 돌아가셨다. 내 마음속의 엄마 아빠는 예순과 일흔의 나이에 멈춰서 더 이상 늙지 않고, 엄마와 아빠를 그리워하는 내 마음속의 '나'는 아직 어린아이다. 그러니 식당의 두 분은 내 부모님 연배로 여겨지지 않고 그저 '할머니'고 '할아버지'다. 그렇게 여겨졌다. 할아버지 할머니가 점심을 차려주고, 내가 밥 먹는 걸 옆에서 지켜봐주었다.

2.

일 년 뒤 4월 하순 무렵이었는데, 허보영 선생님이 또! 삼척에 왔다. 이번엔 자기 손과 발로 직접 운전해서 왔고, 내 작은 자취방에서 같이 잠을 잤다. 다음 날 아침 일어나자마자 세수도 안 한 채 또! 번개시장에 갔다. 식당 문을 열고 들어갔다. 아뿔싸. 만석이었다.

"할아버지, 자리가 없네요."

"아네요. 자리 있어요. 기다려봐요."

테이블 네 개에 사람들이 모두 앉아 있는데 어디에 자리가 있다는 걸까. 할아버지가 방에 들어가셔서 안쪽의 문을 연다. 그 문을 여니, 작은 방이 또 나왔다. 마치 비밀의 방처럼. 안쪽 방도 두 분의 생활 공간이었다. 상을 놓으면 음식점 영업장이고 상을 치우면 두 분의 방이었다.

이 비밀의 방에서 식당에 대한 새로운 비밀을 몇 개 알게 되었다. 할아버지는 모자를 많이 가진 사람이었다. 나무처럼 긴 옷걸이에 할아버지의 다양한 모자가 포도알처럼 주렁주렁 매달려 있다. 또 하나는 작은 밥상이 벽에 드높이 걸려 있다는 것이다. 정리와 수납이 목적이었으려나. 마지막 비밀은 화장실이었다. 집은 허름하고 구식이었지만 화장실은 곰팡이 핀 곳 하나 없이 깨끗한 데다가 심지어 비데까지 설치되어 있어서, 우리는 깜짝 놀랐다.

상 위에서 맑은 대구탕이 끓었던 이날, 할머니가 만든 콩나물무침은 아삭했다. 버섯볶음은 보드라웠고 시금치무침은 고소하고 달았다. 참, 할머니 자태와 표정이 진짜 귀여우시다. 여전히 정갈하게 옷을 입은 할아버지는 친절하게 두 번이나 말했다.

"반찬 더 필요한 거 있으면 말해요. 우리 집, 반찬 리필도 돼요."

이 말을 듣고 보영 선생과 나는 마주 보고 웃었다. 할아버지가 쓰는 '리필'이라는 어휘가 뭔지 모르게 식당 분위기와 부조화스러우면서도 귀여웠다. 이렇게 귀한 반찬을 자꾸 그것도 추가 비용도 없이 주고 싶어 하는 마음이 푸근해서 웃음이 났다. 겨울에 갔을 때도 할아버지는 "밥 더 주까요?", "생선 하나 더 구워주까요?" 했었다.

다행이다. 오랜만에 갔는데 두 분 모두 건강하고 정정하셨다. 두 분 중 어느 한쪽이라도 건강에 이상이 생기면 식당

열기 힘들 것이다. 사실 언제 탈이 나더라도 이상하지 않을 연세니까 말이다. 큰돈 버는 삶이야 아닐 것이다. 하지만 아침 장사만 하고 나면 두 분은 비교적 자유로울 테니, 오랜 영업시간에 시달리는 삶은 아닐 테니, 두 분이 건강하고 여유 있는 거 아닐까. 갈 때마다 영업 중이고, 할머니는 요리를 하고 할아버지는 생선을 굽고 서빙을 하는 정정한 모습에 고마운 마음이 들었다. 내 할아버지와 할머니, 내 아버지와 어머니는 아닐지라도 말이다.

언제 또 그 식당에 가게 될까. 앞으로 몇 번이나 가게 될까. 그때도 여전히 할머니는 귀엽고 할아버지는 정갈하시기를. 맑은 대구탕은 보글보글 끓고 콩나물무침은 아삭하기를. 그저 바랄 뿐이다.

사라지는 것에
깃드는 마음

나만 알고 싶은 갈남

– 갈남마을 ①

삼척에 온 지 한 달 정도 지났을 때였나. 고등학교 3학년 수업 중에 내가 이런 이야기를 했다.

"나는 어렸을 때 시골에 살았어. 화천이라는 곳 알아? 거기서 버스 타고 흙길로 40분은 더 가야 했던 시골이었어."

은우라는 아이가 손을 번쩍 들더니 "샘, 저도 시골 살아요." 한다.

"여기 삼척을 말하는 거야?"

"여기보다 더한 시골이에요."

"거긴 어딘데?"

이때 나는 삼척이라는 지역에 대해 아무것도 모르는 '백

지'였다.

"갈남이에요."

"갈남이 어디야? 얼마나 시골이야?"

"동네가 완전 작은데 식당도 하나 없어요. 가게라고는 슈퍼 하나뿐이에요."

갈남. 처음 들어보는 동네 이름이었다. 예쁜 이름이었다. 백석의 시 「남신의주유동박시봉방」에 나오는 '갈매나무'를 떠올렸다. 갈남에 가면 갈매나무를 만날 수 있을 것 같았다.

한 달 정도 지난 무렵 갈남에 가보았다. 삼척시 원덕읍 최북단에 있는 작은 바닷가 마을이었다. 해상 케이블카, 스노클링으로 이미 이름 난 장호항 바로 옆 동네다. 총 121세대, 185명이 살고 있다 하니* 마을의 규모를 짐작할 수 있었다. 동네 초입에 은우가 말하던 마을의 유일한 가게, 갈남 슈퍼가 있다.

갈남마을은 이름만큼이나 예뻤다. 만나자마자 좋아졌다. 햇살 환한 5월이었는데, 바다가 옥빛이었다. 연한 초록과 연한 하늘색 물감을 섞어 풀어놓은 것 같은 물빛이었다. 바다만 한참 보다가 이 마을을 떠나도 마음이 꽉 찰 것 같은 아름다움이었다.

---

* 2021년 5월 기준.

낮은 지붕과 야트막한 담장이 연이어진 동네 골목을 살금살금 걸었다. 행여 외지인이 남 사는 모습 힐끔거리고 돌아다니는 것이 볼썽사나울까 싶어서였다. 집 마당에서 그물을 손질하던 할아버지와 눈이 마주쳤다. "어떻게 왔냐?"고 물어서 지나가는 길에 들렀다는 어설픈 답을 했다. 골목 어귀를 돌다가 동네 아주머니를 만났다. 아주머니는 나를 척 보더니 "갈남이 아주 좋은 곳이니 구경 잘하고 가라." 한다. 워낙 작은 동네여서 외지인인지 금세 알아보았다.

갈남은 별게 없었다. 마을은 바다가 보이는 산비탈에 형성되어 있다. 값비싸 보이는 집은 없다. 도로 정비가 잘된 편이 아니어서 길은 구불구불하다. 사실 도로 정비를 거론할 정도의 큰길이 아예 없고 골목이 마을길의 전부다. 어느 집으로 올라가는 시멘트 계단은 누가 손으로 매만져 마무리한 듯 둥그렇다. 바닷가 마을답게 집집이, 처마 아래에 또 마당 빨랫줄에 생선을 말리는 망이나 채반이 흔들리고 있다. 바다에서 물고기를 잡을 때 쓰는 그물을 마당에 수북하게 쌓아놓은 집도 여럿이다.

높은 빌딩도 자동차 소리도 눈을 잡아매는 광고 전광판도 신호등도 상점 간판도 없다. 살아온 시간이 흘러 그대로 길이 되고 집이 된 마을. 봄 바다에서 불어오는 순한 바람과 햇볕. 그게 전부였다. 그게 전부여서, 별것이 없어서 내 마음은 설렜다.

그날, 집에 돌아와 은우에게 카톡을 보냈다.

"갈남이 예쁘더라. 나만 알고 싶을 만큼."

은우는 갈남에 대해 이런저런 이야기를 했다. 마을이 알려지기 시작해서 사람들이 제법 찾아온다 한다. 마을이 지나치게 관광지화 되지는 않았으면 좋겠다고 한다. 여름이 되면 놀러 온 사람들이 밤마다 폭죽을 터뜨려서 동네 어르신들이 잠을 잘 못 주무신다고, 그렇지 않아도 작은 동네인데 쓰레기가 넘쳐난다고…. 누군가의 여행지는 누군가의 일상 공간이다. 은우는 갈남을, 동네 어르신을 생각할 줄 아는 아이다.

다음 수업 시간에 만난 은우 눈빛이 조금 달라졌다. 우리는 이제 우리만의 비밀을 가진 사이가 되었으니까. 우리는 갈남을 공유하는 관계가 되었다. 수업이 끝나고 은우랑 잠시 이야기를 나누었다.

은우의 마음에도 바다가 있었다. 어려서부터 보아온 바다, 동네 오빠들과 다이빙해서 골뱅이와 성게를 잡으며 헤엄쳐 놀던 바다, 학교 가려고 집을 나서면 사람보다 먼저 만나던 바닷바람과 짠내, 동네 어른들이 잡은 물고기로 요리해 먹은 음식, 이런 것들이 은우 마음에 차곡차곡 쌓여 있었다. 은우만의 바다다.

은우가 나에게 들려주는 이야기는 낯설었다. 강원 내륙에서 자란 나에게 바다에서 골뱅이와 성게를 잡고 놀면서 자란 이야기, 늘 바닷바람을 맞으며 살아온 이야기는 낯설 수밖에 없다. 바다와 사람으로 넘실거리는 은우 마음 안의 바다는 아름다웠다.

알 것 같았다. 은우의 마음 안에 바다가 얼마나 깊고 어떤 빛깔이고 어떤 바람이 부는지, 어떤 사람들과 함께 바다를 헤엄쳤는지, 어떤 순정한 시간이 켜켜이 쌓여 있는지, 나는 차마 헤아릴 수 없다는 것을 알 것 같았다.

"갈남은 겨울이 가장 예뻐요."

은우의 말이다. 마을 앞바다 '큰섬'에, 동네 낮은 지붕에, 골목에, 하얗게 눈이 내리고 쌓이면 예쁘다 한다. 흰 눈이 펄펄 내리는 날 갈남에 가고 싶다. 조용히 골목을 걸을 테다. 그리고 흰 눈이 연푸른 바다에 닿자마자 스르르 녹는 시간을 기다릴 테다.

그러고 보니 은우의 이마가 갈남 바다를 닮았다. 그렇게 맑고, 반짝거린다.

갈남마을 박물관, 안녕

– 갈남마을 ②

그리운 이가 삼척에 오면 함께 갈남에 가고 싶었다. 갈남에 같이 가고 싶은 곳이 있다. 아니 있었다. 삼척 갈남마을 박물관*. 이 박물관은 과거의 존재가 되었다. 갈남마을 박물관은 2014년 7월에 개관하였고, 2022년 1월 문을 닫았다.

"옛날에는 파도가 치면 마을 모래사장에 해삼이랑 멍게가 굴러 들어올 정도로 마을 앞바다에 수산물이 많았어. 밤에 해안가에 불을 피워두면 멸치가 막 몰려들고 그랬다니까."

(갈남마을 박물관 전시 내용)

갈남은 이런 마을이었다. 밤바다 검은 물결에 은빛 멸치가 떼로 몰려오는 곳. 지금은 음식점 하나 없고** 피서철 외의 계절은 한산한 작은 마을이지만 '1950년대는 명태잡이 어선이 갈남 앞바다에 성황을 이루었고, 60~70년대는 머구

---

* 2013년 국립민속박물관 직원들이 9개월 동안 마을에 체류하면서 마을의 과거와 현재 생활상을 조사했고, 이 내용을 바탕으로 2014년 '삼척 갈남마을 박물관'을 개관했다. 2014년 '강원 민속 문화의 해' 사업의 하나로 조성된 박물관이었다.

** 최근 몇 년 사이에 카페가 하나 생겼다.

리 잠수부와 해녀가 삼척에서 가장 많이 모여든 마을*'이었다. 미역 채취가 한창일 땐 제주에서 해녀들이 일정 기간 파견 와서 일을 할 정도였고, 파견 근무하러 왔다가 갈남 남자와 결혼해 여기에 살게 된 분들도 계시다 한다. 또 갈남은 1970년대 해산물 양식의 개척지였다. 멍게, 가리비, 전복 양식을 하던 바닷가 마을이었다.

박물관 건물은 마을 토박이로 여러 대에 걸쳐 어업에 종사해온 최병록, 진숙희 씨 부부가 멍게 종묘를 배양하던 장소였다. 작은 공간이었다. 도시의 박물관처럼 크거나 세련된 건물이 아니고, 그저 시골의 마을회관, 그것도 작은 마을회관 정도였다. 전시는 갈남마을의 어업과 양식업의 역사, 해녀와 머구리 잠수부 이야기를 중심으로 하고 있었다.

처음 갈남마을 박물관에 갔을 때는 입장에 실패했다. 문이 잠겨 있었다. 출입문에 이렇게 쓰여 있었다.

"앞문이 잠겨 있으면 뒷문으로 들어오세요."

처음 방문했던 나는 뒷문으로 들어오라는 말의 의미를 잘 몰랐다. 암호 해독에 실패했달까. 앞문이 잠겨 있으니 들어갈 수 없다고 생각했다. 그러나 이 말은 언제나 들어와도 된다는 뜻이었다. 항상 들어올 수 있도록 뒷문을 열어놓는다는

★   갈남마을 박물관 명예관장 최병록 님의 말.

의미니까 말이다. 단, 암호를 풀어야 박물관에 들어갈 수 있는 거다.

완벽한 '셀프 박물관'이다. 입장료가 없고 근무하는 직원도 없다. 암호를 풀고 뒷문으로 입장한다. 들어가면 셀프 박물관답게 불이 꺼져 있다. 관람자인 내가 실내 조명 스위치를 켠다. 하나, 둘, 셋. 조명을 켜니 드디어 박물관 실내가 훤하게 보인다. 박물관 안은 해산물 종묘장의 모습을 유지한 채 전시장을 꾸몄다. 갈남 양식 어업의 역사가 우렁쉥이에서 시작해 1992년 가리비까지 이어져왔다는 것을 알 수 있고, 양식장에서 사용하던 산란 바구니, 멍게 의자, 씨앗틀 끈, 가리비 망 등 각종 도구를 전시하고 있다.

동영상도 볼 수 있다. 해녀들이 바다에서 일하는 모습과 일하며 부르는 노래, 해녀들과의 인터뷰. 관람자가 전기 콘센트를 꽂고 스위치를 켜야 볼 수 있다. 다 보면 영상을 끄고 콘센트를 빼야 한다.

최병록 박물관장의 부인 진숙희 씨는 배를 타고 바다에 나가 일을 하지는 않았지만, 양식업에 필요한 각종 업무와 항구에서의 일을 도맡아 한 조력자라 한다. 진숙희 씨가 일할 때 쓰던 몇 가지 모자, 양식 일을 할 때 신던 장화 등이 전시되어 있다. 갈남 해녀가 직접 사용하던 테왁*과 망사리**, 미역 낫을 볼 수 있는 것은 물론이다. 마을 누구 씨가 쓰던 모자, 누구 씨의 사진, 누구 씨의 글씨를 볼 수 있고 누구 씨의 영상과 목소리를 들을 수 있다. 이런 미시적인 자료들을 볼 수 있다. 마을 박물관이어서 가능한 전시려니.

나는 갈남에 거주하는 사람도 아니고 갈남과 아무 관련 없지만, 마을 사람들이 살아온 시간과 삶을 바로 곁에서 들여다보았다. 그런 기분이었다. 외부인이 30분 만에 갈남을 애틋하게 여기게 만드는 신비한 박물관이다. 이런 마음의 작용을 일으키는 박물관이라니…. 사랑스럽지 않은가. 아마 우주에서 단 하나만 존재하는, 고유한 박물관일 거다.

박물관 건물과 전시 내용은 작은 바닷가 마을에 조화롭다. 셀프 운영 방식이 절묘하게 어울린다. 입장할 때부터 퇴장할 때까지 관람객은 하하 호호 웃음을 그칠 수 없다. 관람을 마치고 나오면서 실내 조명을 끈다. 앞문은 잠겨 있으니, 암호가 알려준 대로 뒷문으로 나가자.

관람이 끝났다. 2022년 1월, 영원히 끝났다. 박물관 문을 닫았으니까. 암호를 풀고 뒷문으로 들어가 비밀 작전을 수행하듯 조명을 하나둘 켜면서 웃음 짓는 날은 영영 오지 않을 것이다. 내가 지구에 영원히 산다 하더라도, '갈남마을 박물

---

* 　해녀가 물질을 할 때, 가슴에 받쳐 몸을 뜨게 하는 공 모양의 기구.
** 　해녀가 채취한 해물 따위를 담아 두는, 그물로 된 그릇.

관'엔 갈 수 없다. 지구 어떤 나라도 갈남 해녀가 물질할 때 쓰던 테왁을 전시하지는 못할 테니까. 어떤 박물관도 최병록 씨가 쓰던 가리비 망을 전시할 수는 없으니까.

2021년 11월 갈남마을 박물관에 간 것이 마지막 방문이었다. 개관 당시 제작된 리플릿이 몇 부 있길래 하나 들고 왔다. 가져가도 되는지 물어볼 사람이 없어서 슬쩍 가져왔는데, 근자에 내가 한 일 중 가장 잘한 일이 되어버렸다. 리플릿은 박물관의 탄생과 마을의 역사를 간단하게나마 기록하고 있다.

리플릿 맨 뒷장에 사진이 있다. 박물관 개관식 날이었나 보다. 박물관 앞에서 찍은 동네 주민 단체 사진인데, 주민 대부분은 중장년층 이상으로 짐작된다. 맨 뒷줄에 선 아저씨 두 명이 무지개색 파라솔 아래에 서 있다. 주민들 옷도 무지개다. 입고 있는 티셔츠가 빨강, 파랑, 노랑, 분홍, 알록달록하다. 앞줄에 선 여자 어르신들 대부분은 일바지를 입고 있다. 다들 일하다가 박물관 개관을 축하하러 모인 걸까.

갈남마을에 사는 185명 중 20세 미만은 7명에 불과하다. 50세 이상이 141명이다*. 사람도, 사람이 만든 집도 시간이 지나면 늙고 낡는다. 어떤 존재 어떤 공간도 이를 피해 갈 수

★   2021년 5월 기준.

없다. 그럼에도 붙잡고 싶은 것이 있지 않은가. 그것이 웅장하고 대단하지 않아도, 마을 사람들이 먹고사느라 지나온 심상한 시간과 일상의 흔적이어도 말이다. 사라지고 나면 다시 만들 수 없는 것이 있다. 귀한 것이 귀하게 여겨지면 좋겠다. 코끝이 시큰해진다.

갈남마을 박물관, 안녕.

관동여관, 백년 여관

삼척군 원덕읍에 가면 임원항이 있다. 임원항은 강원도에서 가장 남쪽에 위치한 항구다. 『삼척의 근대건축유산』에서 임원항에 있는 '관동여관'을 알게 되었다. 관동여관은 일제강점기 때 지어진 여관 건물이다. 당시 임원항은 많은 배들이 드나드는 번잡한 항이었고, 관동여관은 그때 사람들이 이용하던 '여관'이었다. 8월의 어느 일요일, 오후 네 시가 훌쩍 넘은 시간에 문득 관동여관이 생각났다.

책에서 봤던 관동여관은 건물 외양뿐 아니라 집 내부도 1930년대 당시의 모습을 지니고 있었다. 나무로 만든 2층 발코니, 거실 안에 설치된 나무 계단을 이용해 2층에 올라가는 복층형 구조, 실내에 대변소·소변소 명패가 따로 붙은 화장실의 모습, 이런 것까지 백 년 전 모습 거의 그대로라 한다.

임원항에 갔다. 항 주변 동네가 한눈에 들어올 정도여서 여관을 쉽게 찾을 줄 알았다. 동네 골목을 샅샅이 돌아다녀도 관동여관은 눈에 띄지 않았다. 더구나 임원항 동네는 근처 갈남항과는 분위기가 사뭇 달랐다. 시골스럽거나 조용한 분위기가 아니라 횟집, 술집, 민박집이 제법 많은 동네였다. 인터넷에서 검색해보니 관동여관에 대한 자료는 단 한 건도 나오지 않는다.

급기야 이런 생각을 하게 되었다. 내가 책에서 잘못 봤나. 여기가 아닌가 봐. 8월 중순 늦은 오후의 해가 뜨거워 땀이 삐질삐질 났다. 그냥 가야겠다. 동네를 빠져나오면서 편의점에 들러 물을 샀다. 사장님에게 기대 없이 물었다.

"이 동네에 일제시대 때 지어진 여관 있지 않나요?"

"아, 수협 뒤에 있는 거? 아주 오래된 건물 하나 있긴 있어요."

"이름이 관동여관이에요?"

"이름은 모르고 하여간 낡은 건물 하나 있어요. 근데 어떻게 알았어요?"

"어떤 책에 나왔더라고요."

"왜 나왔지?"

어떤 이유로 책에 나왔는지, 동네 사람은 짐작도 못 하는

'관동여관'을 향해 가는 짧은 골목은 유흥가 분위기였다. 모텔, 식당, 술집이 즐비하고 룸살롱까지 있는 골목이었다. 동네는 크지 않은데 이렇게 먹고 마시고 놀고 자는 영업장이 많은 것이 의아했다.

드디어 찾았다, 관동여관. 책에서 본 사진과 같은 모습이었다. 나야 관동여관을 찾아도 그만, 안 찾아도 그만인 사람인데, 땀을 삐질삐질 흘리며 동네를 빙빙 돌아도 못 찾고 헤매다가 만나니 반갑기까지 했다. 백 살이나 된 관동여관 건물은 누군가의 삶터였다. 열어놓은 현관문 안쪽을 슬쩍 들여다보니 현관에 벗어놓은 신발들이 어지럽고 수북했다. 신발들은 말끔한 구두나 운동화가 아니었고 야외에서 일하는 사람들의 것 같았다. 거실은 빨래 건조대를 아무렇게나 놓고 빨래를 되는대로 걸어놓은 모습이었다. 여하튼 누군가가 살고, 쉬는 '집'이었다.

일단 지금도 '관동여관'이다. '여관' 푯말이 붙어 있다. 설마 이 건물에서 여관 영업을 백 년째 하는 것은 아니겠지? 폐가는 아니지만 그렇다고 백 년의 시간을 매만진 모습도 아니었다. 흡사 공사 중인 집 같았고 이사 가기 직전이나 이사 온 직후의 집 같았다. 그렇게 뒤숭숭하고 어수선했다. 오래된 건물이 이리 뒤숭숭하니 솔직한 말로 괴기스러웠다. 집 여기저기를 훔쳐보면서 슬쩍슬쩍 사진을 찍는 내 어깨를 뒤에서 누군가가 톡톡! 건드리기라도 했더라면, 나는 틀림없이 "으악!" 비명을 질렀을 것이다.

오랜 시간을 간직했다고 해서 반드시 고즈넉한 것도 아름다운 것도 아니다. 백 살 먹은 건물이라고 해서 누군가가 닦고 매만져놓는다는 규칙도 보장도 없다. 그렇다고 백 년이나 되었으니, 낡고 늙었으니 무조건 버림받는 것만도 아니다. 어떤 건물은 백 년째 누군가의 삶을 담느라, 백 년째 있는 힘을 다해 오래된 건물을 받치느라, 여념 없기도 하다.

백 년 된 나무 발코니, 백 년을 지탱해온 가옥 측면 벽에서 무너져 내리는 흙, 간신히 벽을 받치고 있는 듯한 나무 기둥이 힘겨워 보였다. 이 집은 이제 좀 쉬어도 되겠다. 집 안에 빨래 건조대며 사람의 온갖 살림살이가 널브러진 것을 백 년 동안 지켜봐왔으면, 밤이면 누군가가 지쳐 잠에 곯아떨어진 모습을 백 년 내내 봐왔으면, 이제 좀 쉬어도 되지 않을까.

나는 관동여관과 조우遭遇했다. 백 살 먹은 건물이 마치 사람이라도 되는 양 느닷없이 애잔함을 느꼈다.

집에 돌아와 다시 관동여관을 검색해보았다. 관련 자료는 안 나오지만 업장 검색이 되었다. 지금도 여관이고 전화번호 등록도 되어 있다. 백 년째 여관이라고? 백년 여관? 내가 찍은 사진에 나온 전화번호와 비교해보니 일치했다. 주변에 모

텔과 민박집이 수두룩하던데, 뒤숭숭해 보이는 오래된 관동
여관에 묵는 손이 있을까.

백년 여관에 전화를 하면 누가 받을까? 건물 분위기에서
느낀 괴기스러운 기운이 나에게 남아 있는 건지 떨리는 마
음, 으스스한 기분으로 전화를 했다. 뭐라고 물어볼까? 방 있
나요? 지금도 여관인가요? 당신이 백 년째 관동여관을 운영
하고 있는 건가요?

신호가 다섯 번 갔다. 아무도 전화를 받지 않았다. 왠지 안
도하면서 부리나케 끊었다.

사라지는 것에 무엇이 깃들까

"잘 먹었어요. 다음에 올 때까지 건강하게 지내세요."

이런 인사를 하게 되는 식당이 있다. 연로한 어르신이 혼
자 운영하는 식당에서 밥을 먹고 나올 때는 나도 모르게 "건
강하게 지내세요."라는 인사를 하게 된다. 음식점에서 이런
인사는 흔한가. 곰곰이 생각해보았다. 사장님이 젊거나 오십
대 정도일 때는 이런 인사를 하지 않는다. 잘 먹었어요 정도
의 인사를 하지. 나의 기억을 돌이켜보니 그렇다. 또 식당의
규모를 떠올려보았다. 허리가 굽고 걸음걸이가 불안한 어르
신이 혼자 크고 번듯한 식당을 운영하는 경우를 본 적은 없

다. 연로한 사장님이 있더라도 젊은 직원들이 음식을 만들고 서빙을 하는 경우가 대부분이다.

요리, 서빙, 카운터, 매장 관리를 혼자 또는 부부가 하는데, 사장님의 연세가 일흔 살이 훌쩍 넘어 보이는 경우. 또 할아버지가 후들거리는 걸음으로 가져다주는 밥상을 가만히 앉아 받기가 어색한 경우. 이런 식당을 삼척과 동해에서 몇 번 겪었다.

가끔 묵호 어달리 T 카페에 간다. 카페 어느 자리에 앉아도 창밖으로 푸른 바다를 볼 수 있고, 실내가 제법 넓어서 두세 시간 앉아 책을 읽거나 글을 쓰는 작업을 해도 눈치가 보이지 않는다. 한 가지 이유를 덧붙이자면 카페가 작으면 손님끼리 서로 의식하게 되는데, 규모가 좀 있으면 서로 의식할 일이 없다. 내가 종종 이 카페에 가는 까닭이다.

그날은 여름이었다. 오전에 어달리 T 카페에서 두세 시간 궁싯거리고 나니 배가 고팠다. 근처 관광객들이 몰리는 음식점에 가고 싶지는 않아서 묵호 시내로 갔다. 이길 저길 되는 대로 걸어보았다.

묵호 시내를 혼자 걷는 일은 처음이었다. 묵호는 썰물 느낌이랄까. 묵호항이 지척이기는 하지만 흥성스럽기보다는 밀물이 빠져나간, 한창 시절은 지나간, 과거의 영화榮華가 어렴풋이 감지되는, 그런 느낌이었다.

큰길에서 시장을 보았을 때는 그 규모를 짐작할 수 없는데 막상 들어서니, 작은 상가 골목이 미로 같았다. 이리저리 골목과 골목이 이어졌다. 과일 가게, 건어물 가게, 보리밥 식당, 생선 가게에서부터 한복 맞추는 가게, 이불 가게에 이르기까지 사람살이에 필요한 것은 다 있는 듯했다. '크다'는 표현보다 '깊다'는 말이 어울리는 시장이었다.

시장 근처 골목을 지나다가 옛날 '구멍가게' 같은 분식점을 보았다. 지붕 낮은 집이었고, 옆 가게는 음식점만큼이나 작은 미용실이었다. 모양새가 낡았다. 이 자리에 오랜 시간 서 있었던 것 같다. 유리창 안으로 식당을 엿보며 기웃거리다가 나도 모르게 문을 살짝 열어보았다. 이렇게 '유적지' 같은 식당 내부는 어떨까.

맙소사, 타임머신을 타고 내가 중학생이던 1980년대 중반쯤으로 되돌아간 줄 알았다. 중학교 때 집으로 가는 길, 주택가 골목에 이런 분식점이 있었다. 나는 거기에서 라볶이 먹는 것을 좋아했다. 라볶이 중독자여서 집에서 여러 번의 실패와 성공을 거듭한 끝에 라볶이 만들기에 성공한 사람이기도 했으니까.

그때 라볶이를 요리하던 사십 대 아주머니가 지금까지 식당에 붙박이로 있었다면 이런 모습 아니었을까 싶은 할머니가 주방에 서 있다가, 슬쩍 문을 열고 들여다보는 나랑 눈이 마주쳤다. 주방이랄 것도 없는 작고 허름한 공간이었다. 식당은 작은 테이블 세 개가 전부였다. 어두침침한 조명이었고 틀어놓은 텔레비전은 대구에서 발생한 싱크홀 뉴스를 보도 중이었다.

선풍기가 맹렬하게 돌아가고 있었다. 에어컨이 없는 식당이었는데, 공간 분리가 안 된 주방에서 음식을 끓여서 그런가. 들어서자 열기가 훅 끼쳤다. 실외의 더위와는 종류가 다른 '뜨거움'이었다.

음식을 먹는 손님이 있었다. 젊은 부부와 초등 저학년쯤 되어 보이는 여자아이가 라면, 떡볶이를 먹고 있었다. 요즘 같은 때, 에어컨도 없는 낡은 분식점을 부러 찾는 사람들이 있다는 것이 그저 신기했다.

묘하게 익숙했다. 식당의 후덥지근한 공기 말이다. 아, 그때였구나. 엄마가 작은 식당을 몇 년 운영한 적이 있었다. 인근 관공서 직원들과 그 앞을 지나다니는 고등학생, 대학생이 주요 손님들이었고, 엄마는 김밥, 떡볶이부터 비빔밥, 칼국수에 이르기까지 다양한 메뉴를 취급했다.

스무 살 무렵이었는데 여름 더위가 최고조일 때, 엄마가 운영하는 식당에 갔다. 왜 갔는지는 기억나지 않는다. 일손을 거들러 간 것은 아니었다. 엄마는 나에게 집안일도 잘 시키지 않았고, 나를 '아무것도 할 줄 모르는 사람'으로 여기기도 했으니까. 그렇다고 엄마가 '아무것도 할 줄 모르는' 나를 나쁘게 생각한 것은 아니었다. 삼 남매 중 나이 차이가 제법 크게 벌어진 막내여서 늘 나를 어리게, '애기같이' 생각했던 것 같다.

엄마의 식당에 들어서니 후끈한 열기로 샤워를 하는 것 같았다. 그만큼 강렬한 열기였다. 테이블 네다섯 개를 비좁게 배치한 작은 실내 한편에서 끓이고 볶으니 그 열기가 여름 더위에 더해져 밖보다 더 더웠다. 덥다기보다 뜨거웠다.

엄마는 선풍기를 내 쪽으로 돌려주었지만, 실내가 더우니 선풍기는 더운 바람을 내뿜었다. '열풍기'였다. 엄마 얼굴에 땀이 흘렀다. 살림살이가 풍족했으면 엄마가 밖에 나와 식당을 하느라 고생하지는 않았을 거다. 그렇다고 빈한한 가정은 아니었다. 언니는 취업을 해 가계에 보탬을 주는 이미 '훌륭한 사람'이었지만, 나와 오빠를 공부시키고 뒷받침하는 데에 들어가는 돈은 평범한 가정에서 아마 큰돈이었을 것이다.

엄마는 강한 사람이었다. 집에서 살림만 한 적은 별로 없었다. 어린 시절 화천에 살 때는, 처음엔 아빠와 도매 가게 (덕거리 상회)를 같이 하다가 아빠가 다른 일을 하게 된 후엔 혼자 하다시피 했다. 춘천에 이사 와서는 방이 많은 집을 사서 하숙을 치기도 했다.

엄마와 마주 앉은 나는 신경질이 났다. 사실은 속상한 마음이었을 거다. 이렇게 뜨거운 실내에서 공기보다 더 뜨거운 라면을 끓이고 떡볶이를 볶느라 땀이 흐르는 엄마의 얼굴을 보는 것이 속상했을 테지. 이 후덥덥한 공기 속에서 엄마가 하루 종일 일해야 한다는 것에 마음이 불편했던 거다. 나의 속상함은 신경질로 표현이 되었고, 왈칵 눈물이 쏟아졌다. 땀을 닦는 척하면서 눈물을 닦았던 것 같다.

내 속상함과 눈물을 알아차리지 못한 엄마는 '먹고 싶은 거' 만들어줄 테니 먹고 가라 했다. 나는, 먹을 시간도 없고 배도 안 고픈데 뭘 먹으라 한다고 냅다 화를 내고 식당을 나왔다. 걸으면서 좀 울었던 것 같다.

2021년 한여름에 우연히 들른 묵호항 근처 분식집의 시간, 그 시간 위에 1990년 나와 엄마의 시간이 포개졌다. 지금은 세상에 없는 엄마를 떠올린 것은 아마 10초도 안 되는 짧은 시간이었고 내 기억에서만 잠시 일어난 일이었지만 엄마와의 시간에 아팠던 마음과 왈칵 쏟아졌던 눈물이, '지금'의 시간에 느닷없이 살아났다.

할머니 사장님은 내 보기에 여든 살 정도 된 것 같았다. 이 식당에서 가장 비싼 음식을 주문하고 싶었다. 그냥 그러고 싶었다. 떡볶이 3000원, 라면 2500원, 짬뽕면 3000원을 제친 5000원짜리 고가의 음식이 두 가지 있었다. 김치볶음밥과 오징어덮밥. 아, 나는 매운 음식을 잘 못 먹는다. 어쩔 수 없이 라면보다 값비싼 짬뽕면과 꼬마 김밥 다섯 줄을 주문했다. 꼬마 김밥은 다섯 줄에 1000원이었다.

시판되는 짬뽕 라면을 끓여주려니 생각했는데, 할머니는 사리용 라면에 직접 양념 넣고 이런저런 야채와 콩나물까지 넣어 음식을 완성했다. 자기만의 '요리 비법'을 지닌 사람이었다. 라면 수프를 조금도 넣지 않은 짬뽕면이었다. 시원하고 상쾌하게 얼큰했다.

김밥 속은 얇은 어묵과 가느다란 단무지 한 줄 들어간 것이 전부인데, 뽀송한 김에 따뜻하고 하얀 쌀밥을 그 자리에서 말아주니 그저 맛있다.

할머니 솜씨가 동네에선 제법 알려졌는지, 중년의 여자 손님 두 분이 들어왔다. 이제 식당은 만석이 되었다. 손님이 더 오기라도 하면 대기 번호를 끊어줘야 하는 상황이다. 만석이 되니, 주문 들어온 음식을 다 만들고 난 사장님이 앉아 쉴 곳이 없다. 할머니는 나에게 앉아도 되냐 묻지도 않고 자연스럽게 내가 앉은 테이블 맞은편 의자에 앉는다. 자상하게도 내 쪽으로 선풍기를 돌려놓고 "얼마 전에 너무 더웠어. 그때 내가 여기서 더위를 먹은 거야. 병원까지 갔다 오고, 아휴, 너무 힘들었어. 지금은 양반이야. 오늘은 살 만하네." 한다. 짬뽕면을 먹는 내 등에 땀이 흐르고 있는데, 오늘이 '양반'이라니. 살 만하다니.

"힘드셨겠어요. 에어컨 작은 거라도…. 중고도 많은데."

"잠깐 더위만 참으면 살 만해. 여기서 에어컨 없이 30년이나 장사했는데, 에어컨 없어도 단골들이 다 와. 옛날 여중생이던 사람은 이제 아줌마가 돼서 딸이랑 와."

이런 자랑을, 나는 유난히 좋아한다. 한국 사회에서 부귀영화를 이룬 삶은 아니어도 긴 시간 성실하게 일하고 삶을 지켜온 것이 존경스러우니까.

다 먹었다. 언제고 또 올 것처럼 인사하고 나왔다.

"할머니, 잘 먹었어요. 건강하게 지내고 계세요. 또 올게요."

다시 거기에 가기까지 일 년이 걸렸다. 묵호 그 동네에 서너 번 더 가기는 했으나 그 식당에 가지는 않았다.

일 년이 흐른 뒤 가니, 식당 문이 잠겨 있다. 잠긴 모양새가 하루 휴무는 아니다. 문 앞에 쌓인 먼지와 여러 개의 우편물을 보니 문을 열지 않은 지 시간이 좀 흐른 듯하다.

그냥 돌아왔다.

그래도 다시 한번 가봐야지. 뜨거운 여름 한 철 쉬고 장사할지도 모르니까.

"이번 여름은 좀 많이 쉬었어. 너무 더워 힘드니까. 여행도 다니고 구경도 하고 맛있는 것도 먹고 다녔지. 아주 원 없이 푹 쉬었어."

그랬으면 좋겠다. 다음에 갔을 때 할머니 사장님이 이런 자랑을 질리도록 했으면 좋겠다. 다시 가려던 참에 인터넷 검색을 했다. 몇 년 전 이 식당을 방문한 기록을 블로그에 올린 사람이 있다. 그런데 글 제목 옆에 '(폐업)'이라 적혀 있다. 폐업은 최근 추가한 말 같았다.

노인들이 운영하는 식당에 가면 어김없이 드는 생각이 있다. 이 연세의 어른들은 언제고 가게 문을 닫을 수 있겠구나. 이미 오랜 세월 살아온 사람 몸 병드는 거야 미리 알 수 없고, 언제 어떤 병이 발견되어도 어색하지 않은 나이니 다음을 기약하는 것은 그저 '마음'의 일이겠구나.

댓글로 물었다.

"이 식당이 언제 문을 닫았는지, 왜 폐업했는지 혹시 아시나요?"

금세 답이 달렸다.

"지난봄에 갔더니 이미 문이 잠겨 있었어요. 저도 궁금해 식당 옆 미용실에 물어봤더니 할머니가 무릎 수술하시고 몸 여기저기 안 좋아지셔서 장사를 정리했다고 하더라고요."

사라지는 것. 세상에 존재하는 것들은 언젠가 사라지게 마련이다. 숨 붙은 풀이나 꽃, 동물도, 사람도, 사랑하는 사람과 맺은 마음도 기실 사라진다. 다른 존재와 또는 자신과의 작별은 유한한 시간을 사는 우리가 따를 수밖에 없는 순리順理다.

정성을 쏟은 시간, 무던히도 애를 쓴 시간, 땀을 흘리며 일한 시간이, 서른 해 쌓인 '어떤 것'이 세상에서 사라졌다. 예사로운 일일까. 다 사라지게 마련이라고 매정하게 말해도 될까. 30년 묵은 낡은 간판과 침침한 조명의 분식점, 거기에 시간과 애씀과 땀이 빚어낸 무엇이, 어떤 것이 깃들어 있지는 않으려나.

묵호 할머니 분식점이 폐업한 지 이미 두 계절이 지나가고 있다. 조만간 나는 시간을 내서 그 식당 앞에 가보려 한다. 안에 들어갈 수야 없겠지만, 할머니 사장님을 만날 수도 없을 테고, 음식 냄새도 공기에 섞인 음식의 온기도 사라졌겠지만, 한번은 가보고 싶다. 그저 그러고 싶다.

외로움을 지켜준 건 모란과 앵두와 감이었어

1.

남의 동네를 걷는 일이 재미있을 리 없다. 취미가 될 수 없는 일이기도 하다. 하지만 남이 사는 동네일지언정 오래된 골목길을 걷는 일은 흥미롭다. 설레기까지 해서 취미가 되기도 한다.

삼척에 와서, 오래된 동네 골목 걷는 일을 좋아하게 되었다. 그날은 봄날이었고 초저녁이었다. 세상의 모든 이들이 고된 하루를 마치고 집에 돌아와 불을 켜는 시간. 아마 이 무렵의 지구를 하늘에서 본다면 일제히 여기저기 불이 밝혀지지 않을까. 뜨신 밥과 국을 끓여 둥그런 밥상에 모여 앉아 저녁 식사를 하는 어스름한 시간, 날이 포근해서 골목의 집들은 창문을 조금씩 열고 있었다.

아는 이와 단둘이 골목을 걸었다. 우리는 별말을 나누지 않고 그저 가만가만 천천히 걸었다. 남 사는 골목을 떠들면서 걷다 보면 무례를 저지르기 쉬우니까, 대체로 말없이 살금살금 걷는 편이다. 어딘가에서 된장찌개 냄새가 솔솔 풍겨 왔다.

"된장찌개 끓이나 봐요."

조금 걷다 보니, 압력솥에 밥이 끓는 "치익 치익" 소리가 들려왔다. 둘이 마주 보며 말했다.

"지금 밥 하나 봐요."

또 어느 집 앞을 지나는데 숟가락, 젓가락 부딪는 달그락달그락 소리가 들렸다. 이 소리가 무척 선명하고 앙증맞은 소리라는 것을 그때 처음으로 알았다. 슬며시 웃음이 나왔다.

그 순간 세상은 하나의 목적을 위해 존재하는 것 같았다. 식구들이 모여 저녁밥을 먹는 것 말이다. 요즘 새로 지은 건물이나 아파트 사이를 걸을 때는 느낄 수 없는 소리이자 냄새였다. 누구나 영위하는 생활의 소리와 냄새였지만, 사람 살아가는 게 별것 없으면서도 위대하다는 묘한 감상에 빠지게 되었다. 온몸의 긴장이 스르르 풀어지는 냄새였고, 마음의 칼날을 버릴 수 없는 소리였다.

2.

5월 환한 대낮에 그 골목을 또 걸었다. 동네 집들에 질투가 났다. 오래된 집들이었지만, 저마다 마당에 꽃나무 한 그루씩 가지고 있었다. 꽃나무 한 그루 가진 세상의 모든 집을 부러워하게 되는 계절이었다.

골목을 걷다가 그 집을 만났다. 넓은 마당 안쪽에 오래되어 보이는 옛날 한옥이 반듯하고 얌전하게 앉아 있었다. 담장 너머로 힐끔힐끔 넘겨보다가, 대문 없는 집이어서 마당에 슬쩍 발을 들여놓았다.

마당은 놀라웠다. 작은 집 한 채는 들어설 만큼 넓은 마당이었는데, 봄풀과 꽃, 바람과 햇살이 가득했다. 노랑, 빨강, 분홍 장미가 색색이 피었고 진분홍 모란이 벙글었다. "와, 엄청 정성 들인 뜰이네." 하며 집 쪽으로 다가갔다.

방 문살에 바른 창호지가 군데군데 뜯겨 있다. 그 사이로 안을 들여다보니, 서랍, 옷장, 해체된 선풍기나 의자와 같은 세간이 몇 개 있지만, 흩어져 어지러이 나뒹굴고 먼지가 쌓여 있다. 세간을 남기고 이사를 갔다. 당분간 집을 비운 건가. 방 두 칸과 부엌, 창고로 구성된 크지 않은 집. 쨍한 5월의 햇살에 꽃들이 피고 지고 날리고 있었다.

같이 갔던 이가 "노인이 살았나 봐요." 한다. 방에서 마당으로 나오려면 2층 댓돌로 내려서야 하는데, 붙잡고 마당으로 내려설 수 있도록 스테인리스 난간이 설치되어 있었다. 난간에 의지해 두 개의 계단을 내려올 만큼, 몸이 불편한 사람이 살았나 보다. 어디로 가셨을까.

3.

6월에 다시 그 집에 갔을 때, 마당 흙이 온통 울긋불긋했다. 아무도 따 먹지 않은 빨간 앵두가 땅에 고스란히 떨어져 땅을 빨갛게 물들였고, 주황 살구가 징그러울 정도로 빼곡하게 매달려 있고 바닥에도 촘촘하게 누워 있다. 마당에 붉은 보자기, 주황 보자기를 펼쳐놓은 듯한 모습이었다.

6월의 기쁨은 이거였겠구나. 나도 모르게 씽긋 웃었다. 집 드나들 때마다 마당에서 앵두 하나 톡 뜯어서 입에 넣고 오물거리다가 입술을 앞으로 모아 쏙 내밀고 씨를 "훅!" 마당 흙에 뱉었겠지. 방에 들어올 때면 살구 몇 알 펌프 물에 씻어 대접에 담아 가지고 들어왔겠지. 이 계절에는 다른 이에게 선물도 많이 했을 것 같다. 앵두를 가지째 훑어 바가지에 담아 그리운 이에게 보냈을 것이다. 앵두를 하나씩 손으로 집어 따자면 감질 나는 데다가, 빨간 앵두와 초록 이파리를 바가지에 함께 담아야 이쁘니까 아마 틀림없이 가지째 훑었을 것이다. 주황 살구를 스댕 큰 사발에 산처럼 쌓아 친한 이에게 선물 보내지 않았을까.

4.

뜨거운 여름 내내 나는 그 집을 잊었다. 삼척의 감이 익어 아무렇지도 않게 땅에 떨어져 있는 계절에 그 집을 다시 찾아갔다.

아무도 없고 어떤 소리도 없는 고요한 마당에 들어섰다. 처마 아래 뭔가 잔뜩 매달려 있었다. 감이었다. 곶감을 만들려고 껍질 깐 동글동글한 감을 줄에 꿰어 제법 많이 매달아 놓았다. 처마 아래 주렁주렁 매달린 주황 감이 예뻐서 사진을 찍으려고 처마 아래로 바싹 다가섰을 때

"야! 만지지 마! 그거 그냥 둬!"

아무도 없는 줄 알았는데 누가 버럭 소리를 질러, 기절할 뻔했다.

건너편 집 창문에서 난 소리였다. 그 집 현관문이 열리고 어떤 할머니가 나오더니, 부리나케 이쪽으로 달리듯 걸어왔다.

"내가 널어놓은 거야. 이 집에 사람 없어서, 깨끗하게 말릴 수 있을 것 같아서 널었지. 누가 내 감 걷어 가는 줄 알고 깜짝 놀랐네. 감 도둑인 줄 알았어."

삼척 억양이 강하게 밴 할머니 말은 귀 기울여야 알아들

을 수 있었고, 재차 되물어야 했다. 할머니가 나에게 이 집 마당에 왜 들어왔냐 물었다.

"마당이 예뻐서 구경하러 들어왔어요."

할머니는 비로소 안심하는 눈치였다.

"근데 이 집 살던 할머니랑 아는 사이야?"

"아뇨, 이 집에 할머니가 사셨어요?"

감 도둑으로 오해받은 덕분에 이 집에 살던 할머니에 대한 이야기를 들을 수 있었다. 이 집 할머니는 혼자 살았다고 한다. 전 부인이 세상을 떠난 자리에 시집 왔고, 전 부인이 낳은 자식들을 키웠다. 할머니도 시집 와 자식을 낳았지만, 아이는 어려서 병을 앓다가 세상을 떠났다고 한다. 남편이 먼저 세상을 떠났고, 자식들은 장성해서 이 집을 떠났다. 이후 할머니는 내내 이 집에서 혼자 살았다.

왕래하는 친척도 없고 친하게 지내는 사람도 없이 지냈고, 자식들은 먼 데에 살아서 드물게 찾아왔다고 한다. 할머니는 경제적으로도 어려웠다. 더구나 성격이 모나서 집에 드나드는 동네 사람도 없고, 할머니가 놀러 가는 집도 없이 살았다고, 앞집 할머니가 이야기해주었다.

"이 집 할머니는 꽃을 좋아하셨나 봐요. 지난번에 왔더니 장미가 색색이 피어 있고, 모란이나 다른 꽃도 아주 많더라고요." 했더니, 앞집 할머니가 이러신다.

"성질이 모나서 맨날 혼자 있었다니까. 그러니 집에서 꽃이나 가꾼 거지. 근데 꽃 한 송이도 남 주는 거 못 봤어."

"진짜요? 꽃들이 너무 이뻐서 남 못 줬나."

"몰라, 아무튼 집에서 잘 나오지도 않았어. 살구도 얼마나 많이 열렸는데…. 그걸 남 한 알 안 줬다니까. 그 살구들을 다 먹지도 못해서 댓돌에 쭉 늘어놓았더라고. 우리 집 현관에서 보면, 아주 주황색 돗자리를 깔아놓은 거 같았다니까."

"살구 말려서 뭐 하려 하셨나?"

"하긴 뭘 해. 먹지도 못하고 팔지도 못해서 늘어놓은 거지. 보다 못해 내가 가져다가 팔아줬어. 3만 5000원어치나. 그랬더니 고맙다 하면서, 살구 아홉 알을 주더라."

앞집 할머니는 이 집 할머니와 왕래하며 친하게 지내고 싶으셨던 거 아닐까. 길 건너편에서 이 집에 누가 드나드는지, 살구가 얼마나 익었는지 늘 살펴봐온 걸 보니 말이다. 앞집 할머니의 말에서 '속상함'을 알아차렸다. 앞집 할머니의 말은 나에게 이렇게 해석되었다.

아휴, 왜 그렇게 혼자 있었나 몰라. 허구한 날 꽃이나 들여다보고 말이야. 그 많은 꽃 좀 툭툭 꺾어 동네 사람들 주기도 했으면 친구도 생기고 그랬을 텐데. 따닥따닥 매달린 살구, 양재기에 담아 동네 사람들도 좀 주고 싸게 팔고 그랬으면 오며 가며 이야기도 하고 친절하게 지냈을 텐데. 그걸 못 해서 그렇게 외롭게 살았어. 에그, 마음 안 좋아.

　작은 몸집의 할머니가 온종일 마당 이편에서 저편으로 부지런히 오가며 텃밭을 가꾼다. 꽃나무를 심고 활짝 핀 꽃을 보며 연신 '이뻐'라고 말한다. 아마 그랬을 테지. 아무도 드나드는 이 없는 대문을 보며 간혹 한숨도 쉬었을까. 밤이면 어두운 방에 모로 누워 잠을 청할 때, 자다가 문득 눈 떠 천장을 볼 때, 또 아침에 깨었을 때 아무도 없어 허전했을까. 이 집에 시집 와 몇십 년 산 끝에 같이 살던 사람들이 죽고 혹은 멀리 떠나고 혼자 남게 되어, 사는 일이 막막하고 무섭기도 했을까.

　사람 살아가는 일이 이와 크게 다르지 않아. 그런 목소리가 나의 마음에서 들려왔다. 살아가면서 내가 한 선택이 어느 방향의 어떤 길로 나를 이끌지 알 수 없다. 어떨 때는 내가 '선택'을 찾아가는 것이 아니라, '선택'이 나를 불현듯 찾아오기도 한다. 이 사람 저 사람과 관계에 얽혀 복닥거리고 살 때는 관계가 지겹고 버겁기도 한데, 어느 날 주위를 보면 관계가 뜨문뜨문해지고 혼자 남게 되는 시기가 마침내 온다. 누구나 그렇다. 그래서일까. 얼굴 한 번 본 적 없는 이 집 할머니의 마지막 삶이 참 외로웠겠다 싶었다. 그 쓸쓸함이 마음에 스며 코가 잠시 시큰했다. 이 집 마당에서 계절마다 피고 지고 매달리고 떨어지던 꽃과 열매들, 이것들이 한 사람의 외로움을 지켜주었다.

이 집에 살던 할머니는 2년 전, 병을 얻어 세상을 떠나셨다고 한다.

감자전이 활짝 피었습니다

1.

그날은 일 년 중 밤의 길이가 가장 긴 날이었다. 친구가 삼척에 오기로 한 날이었다. 저녁나절 잠깐 삼척에 와서 밥을 같이 먹기로 약속하고 보니, 우리에게 주어진 시간은 고작 두 시간 남짓이었다. 만나서 이동하고 밥 먹을 시간을 헤아려보니 시간이 빠듯했다. 이동거리가 짧아야 밥 한 공기, 막걸리 한 사발이라도 여유 있게 먹을 수 있겠다는 생각에 이런저런 궁리를 했다. 동해역 바로 전 역인 묵호역에서 우리는 만나기로 했다. 묵호역에서 묵호항이나 시장까지 자동차로 5분 이내의 거리였다.

친구는 곰칫국이나 도루묵조림을 먹고 싶어 했지만, 알아보니 곰칫국 전문 식당은 대체로 저녁 장사를 하지 않았다. 새벽에 식당을 열고 늦은 오후에 문을 닫는 경우가 많았다. 이 검색, 저 검색, 지도 어플로 묵호항 근처 식당을 샅샅이 뒤지다가 이름도 예쁜 '제비식당'을 알아냈다. 두 할머니가 운영하는 식당이고, 동네 사람들이 주로 가는 밥집이었다. 바닷가 마을 밥집이다 보니 메뉴도 곰칫국, 도루묵찌개 등이 었다.

친구를 만나는 날, 예약하려고 오후 두 시쯤 식당에 전화 했다. 저녁에 갔을 때 혹시 물고기가 동날까 봐 걱정되었다.

"오늘 저녁에 두 명, 예약하려고 해요."

"네, 근데 오늘은 아무것도 없어요."

아무것도 없다는 게 무슨 뜻인지 이해를 못 했다.

"아무것도 없다니요? 왜요?"

"오늘 바다가 사나워 배가 못 나갔어요. 그래서 아무것도 없어요."

"그럼 뭐가 돼요?"

"된장찌개, 김치찌개."

"진짜요?"

제비식당 하나만 믿고 있었는데, 당황스러웠다. 바다는 그런 곳이었다. 바다가 길을 내주지 않으면 사람이 접근할 수 없고, 사람에게 물고기 한 마리도 내주지 않는 곳. 바닷가 마을에서 처음 살아보는 나는 상상도 못 해 본 일이었다. 휴 무일이 아닌 날이면 으레 음식을 먹을 수 있으려니, 하는 단 순한 생각만 했던 거다. 묵호는 내게 낯선 곳이라 '플랜 B'가 없었다. 오직 플랜 A, 제비식당만 쥐고 있었다. 멀리에서 바 닷가 동네에 일부러 오는 친구와 된장찌개를 먹을 수는 없지 않은가.

"저녁에 문은 여시죠?"

"예."

친구가 묵호역에 도착한 시간은 오후 5시 35분이었다. 밤이 가장 긴 날의 그 시각은 해질녘 아니 해가 진 뒤였다. 어둑한 시간이었다. 까만 산 능선 뒤로 붉은 해 기운이 사라지는 시간이었다.

친구는 검은 코트에 진한 초록빛 목도리를 두르고 역 앞마당으로 걸어 나왔다. 우리는 '아무것도 없다'는 제비식당으로 향했다.

저녁 여섯 시 무렵의 묵호항 동네는 당황스러웠다. 가게들은 그날의 영업을 정리하고 있었다. 아직 초저녁인데 말이다. 시골의 겨울 저녁은 도시의 저녁과 이토록 다르다. 바람이 유난히 차고 거센 데다가 거리는 어둡고 적막했다. 이미 문 닫은, 또는 부지런히 문을 닫고 있는 음식점 뒷골목을 통과해 제비식당을 찾아가는 일은 뭐가 잘 안 될 것처럼 스산했다. 골목 저 끝에, 동네 사람들만 아는 소박한 맛집이라는 제비식당이 있기나 한 걸까.

2.

제비식당은 깜깜했다. 이미 불을 끄고 문을 닫았다. 생각해보니, 아무것도 없다는 말에 당황한 내가 똑 부러지게 예약을 한 것도 아니었다. "저녁에 문은 열죠?"라는 말을 예약으로 보기는 힘들지 않은가.

객관적으로 보기에 가벼운 상황도 경우에 따라 무거울 수 있다. 예약한 식당이 문을 닫은 상황은 별것 아닐 수 있다. 날은 어둡고 바람 세찬 동짓날 저녁, 음식점이 문을 닫은 대수롭지 않은 상황은 대수로워졌고 심지어 나는 조금 울고 싶어졌다. 시작하기도 전에 망쳐버린 그림, 가지고 놀기도 전에 망가진 장난감을 앞에 둔 아이 같은 심정이었다.

"제가 친구 대접을 잘 못하네요, 바보같이….'

"괜찮아요. 시장에 가보죠."

묵호시장은 움푹했다. 움푹 파인 동굴에 들어서는 느낌이랄까. 움푹한 그 안은 부정형不定形의 제법 큰, 어두침침한 미로다. 계획을 세우고 길을 낸 시장이 아니라 이리저리 꼬불꼬불 상점을 낸 자취가 길이 된 시장이다.

시장도 이미 상당수의 점포가 문을 닫았다. 어디에 밥집 하나 있을 거 같은 낌새도 없었다. 묵호시장이 초행이었더라면 분명 훌쩍훌쩍 울었을 거다. 천만다행으로 이 미로 같은 시장을 두세 번 거닐었었다. 온 세상의 밥집이 다 셔터를 내린 것 같은 암울한 상황이었지만, 꼬불꼬불한 이 길 위쪽으로 걸으면 몇 개의 식당이 오밀조밀 모여 있는 걸 본 기억이 있었다.

친구는 "문 연 집이 없을 것 같은데요." 했지만, 나는 가느다란 희망으로 말했다. "이 길로 조금만 더 가면 음식점이 모여 있어요. 아마도."

조금 가니 몇 개의 음식점이 불을 켜고 있다. 이게 뭐라고, 너무 반가워서, "우아, 저기예요!" 외쳤다. 나는 손이 시리고 추웠다. "불 켜진 식당으로 무조건 가요!" 이렇게 외치고는 오른쪽 식당으로 부리나케 들어갔다.

내가 앞장서 들어간 식당은 몇 가지 종류의 해물찜을 하는 집이었다. 아귀찜, 코다리찜, 해물찜, 이런 시뻘건 음식만 하는 집이었는데, 내가 즐기지 않는 음식이 시뻘건 매운 음식이다.

"뭘 먹을까요?"

나는 당황하여 아무 말도 못 했다. 모든 메뉴가 빨간 음식이었다.

"나갈까요?"

"네!"

사장님께 죄송하다는 인사를 하고 나왔다. 마땅히 갈 곳도 없으면서. 한 끼, 같이 밥을 먹는 일이 이렇게 힘든 일이었나.

3.

시뻘건 해물찜 식당에서 나와서 보니, 건너편에 희미한 불을 켠 작은 음식점이 보였다. 나는 "무조건 여기로 가요. 라면을 먹는 한이 있더라도!" 하며 힘껏 문을 열어 젖혔다.

문을 열고 들어갔을 때, 순간 따뜻한 나라로 공간 이동한 줄 알았다. 그렇게 훈훈했다. 테이블이 세 개 놓인 작고 허름한 식당이었는데, 식당 어딘가에 연탄난로가 있을 것만 같았다. 난로가 자아낸 것이 분명한 깊은 온기였다. 전기 온풍기는 사람의 겉만 덥히고, 연탄이나 장작 난로는 사람의 속까지 덥히지 않는가. 더구나 식당 분위기는 연탄난로와 어울렸다. 테이블 두 개는 혼자 온 할아버지 손님들이 각각 차지하고 있었다. 식당 안쪽의 아늑한 자리는 비워놓은 채.

"난로는 어디에 있을까요?"

친구와 나는 두리번거리며 숨겨진 난로를 찾았다.

"저기에…."

우리가 앉은 테이블 뒤에 전기 온풍기가 탑처럼 우뚝 서 있었다. 연탄난로는 우리의 착각이었다.

사장님은 연로한 할머니였다. 할머니 몸집이 동그랗고 작았다. 메뉴판의 모든 음식(안주)이 5000원이었다. 두부김치 5000원, 감자전 5000원, 생선구이 5000원, 새우구이 5000원, 꽁치구이 5000원. 비현실적인 가격이었다.

할머니가 내준 기본 반찬은 콩나물무침, 배추 속노란 이파리 두어 장과 막장, 미역줄거리볶음이었다. 그리고 특별 서비스. 색 고운 분홍 밥공기에 담긴 팥죽 한 그릇. 맞아, 오늘은 밤이 가장 긴 날이지. 동짓날 저녁이었다.

감자전을 주문했더니 할머니는 주문을 받고 감자를 깎고 강판에 갈아 감자전을 부쳤다. 주방과의 구분이 따로 없는 공간이어서 할머니가 요리하는 모습을 그대로 볼 수 있었다. 감자전은 둥근 접시에 뽀얗고 큰 꽃잎으로 활짝 피어났다. 꽃잎을 젓가락으로 헤집을 수는 없잖은가. 손가락으로 감자전 꽃잎 귀퉁이를 살짝 떼어 친구에게 주었다.

"자아, 선물이에요."

선물을 받은 친구 표정은 어딘지 애매했다. 기뻐하는 것도 같고, 씻지 않은 손으로 줘서 당황하는 것도 같았다. 이번에는 생선구이를 주문했더니, 양미리 너덧 마리와 이름 모를 작은 생선 한 마리가 나왔다. 양미리 살은 크림 같았다.

먼저 와 있던 할아버지 손님들은 가고, 젊은 아빠가 네다섯 살 쯤 된 아들을 데리고 와서 감자전을 포장해 갔다.

"이제 가게를 슬슬 정리하고 나도 들어가봐야겠는데…."

할머니가 영업을 정리하려는 시간은 겨우 저녁 7시 30분이었다. 묵호의 밤, 시골의 밤은 유난히 일찍 찾아왔다.

친구가 먹고 싶어 하던 곰칫국과 도루묵조림은 못 먹었

다. 나의 유일한 플랜 A였던 제비식당은 들어가보지도 못했다. 친구 대접을 제대로 못 하는 것 같아 나는 울상이 되었고, 세상의 모든 음식점이 다 문을 닫은 듯한 추운 거리에서 어쩔 줄 몰라 했다.

할머니 식당은 플랜 B도 아니었고 Z도 아니었다. 그날이 연극이었다면, 우연히 찾아든 할머니 식당은 미리 배치된 장치가 아니었을까. 그 식당은 친구와 나를 위해 비밀리에 준비된 세트장 같았다. 작고 허름한 음식점이었지만, 따뜻하고 아늑했다. 동그랗고 친절한 할머니는 감자전을 꽃잎처럼 짠! 펼쳐 내었고, 할아버지 손님들은 점잖게 술을 드시다가 조용히 가셨다. 식당 구석, 배 뚱뚱한 항아리에 심어진 파릇한 대파마저 동짓날 저녁의 희망을 보여주는 듯했다.

친구와 헤어지고 나서, 그 식당을 생각할 때마다 내 가슴은 난로를 켠 것 같았다. 훈훈했다. 애초의 계획이 어그러져 인생 다 망친 것 같을 때 상상도 못 했던 우연한 일이 너를 기다리고 있을지도 몰라. 그 길은 '망친 길'이 아니라 '다른 길'일 뿐이야. 춥고 어두운 거리에서 훌쩍훌쩍 울고 싶을 때 이렇게 말해줄게. 괜찮아, 괜찮아. 또 다른 길의 즐거움이 기다리고 있어. 사는 일이 원래 다 그래.

동짓날 저녁이 들려준 말이었다.

여기서 35년 1
– 강냉이 아무나 삶는 거 아니야

자다가 깨어 시계를 보니 새벽 4시 33분이었다. 문득 억울했다. 7월에 접어들었건만 햇옥수수 한 알도 먹어보지 못했다. 지난 주 북평장에 갔을 때 옥수수를 파는 상인들이 있었는데 봉지에 서너 개씩 넣어놓고 팔았다. 혼자 서너 개를 먹을 자신도 없고, "옥수수 한 자루만 살 수 있나요?" 물을 용기도 없어서 옥수수를 물끄러미 바라만 보다가 돌아왔다. 후회스럽다. 한 봉지를 사든 한 자루를 사든, 사야 했다. 펄펄 끓는 솥 안에 가득하던 뽀얀 옥수수들이 사무치게 그리웠다.

다음 날, 당장 삼척시장에 나가보았다. 이 계절에 옥수수 안 파는 시장이 있을 리 없지 싶었으나, 이 계절에 옥수수 안 파는 시장은 있었다. 샅샅이 뒤졌지만 옥수수도 옥수수를 파는 상인도 없었다.

작년 이맘때 건지리* 옥수수를 팔던 아주머니가 떠올랐다. 아주머니는 까만 무쇠솥에서 뜨거운 옥수수를 건지고 있었다. 아주머니가 막 건져낸 옥수수는 어여뻤다. 보라색과 회색의 중간쯤 되는 알과 뽀얀 색의 알이 교차하며 촘촘하고 고르게 알이 박힌 옥수수였다.

★   강원도 삼척시 건지동을 이르는 말이다.

"어머, 옥수수 왜 이렇게 예뻐요? 맛도 좋아요?" 했더니, 아주머니가 나를 휙 돌아보며 "삼척 사람이 아니네." 한다.

"왜요? 그걸 어떻게 아세요?"

"삼척에서 나 모르면 간첩이거든. 내가 삶는 강냉이 맛있는 거 삼척 사람은 다 알아."

"진짜요?"

"내가 이 자리에서 30년 강냉이를 삶았거든. 강냉이 아무나 삶는 거 아니야."

키가 자그마하고 몸집이 단단해 보이는 아주머니가 멋졌다. 아무나 못 하는 일을 30년이나 해왔다고 자신감 넘치게 말하는 사람. 날은 뜨겁고 금방 쪄낸 옥수수는 따끈했다. 불을 옆에 끼고 일하는 아주머니의 두 볼도 빨갛게 달아올라 있었다.

한 봉지 샀다. 얼른 먹고 싶어 집에 부리나케 왔다. 접시에 옥수수 한 자루를 꺼내놓았다. 가장 정점의 순간에 건진 걸까. 터진 알 하나 없이 탱탱했다. 일 분만 덜 삶았더라면 풋내가 났을 것 같고, 일 분만 더 삶았더라면 알이 터졌을 것 같았다. 옥수수 알을 떼어 목걸이나 팔찌를 만들고 싶었다. 그렇게 예뻤다. 과연 강냉이는 아무나 삶는 게 아니구나. 마음 깊이 수긍하며 옥수수를 먹었다. 그게 작년의 일이었다.

그래, 삼척 강냉이 장인을 찾아야겠다. 나는 무심코 지나쳤나 싶어서 작년 그 자리를 찾아가보았다. 아주머니는 보이지 않았다. 속옷 가게 앞에 자리를 펼쳐놓고 옥수수 껍질을 다듬고 쪄서 팔았는데, 가게 앞은 그저 깨끗하기만 했다. 연세가 지긋한 분들이 안 보이면 대개 한 가지 걱정으로 이어진다. 어디 편찮으신가. 31년째 옥수수를 삶는 멋진 모습은 못 보는 건가.

"아, 예뻐.", "음, 맛있어.", "정말 잘 삶았네."

옥수수 알 개수만큼 감탄하면서, 이렇게 방정을 떨어가면서 옥수수를 먹고 싶었다. 옥수수 한 자루도 사지 못하고 집에 돌아가는 길은 더 덥고 더 기운이 없고 더 짜증이 났다. 사는 게 뭔가, 회의에 젖었다.

사나흘 뒤, 다른 일을 보러 삼척시장에 나갔다. 작은 상점 앞에서 옥수수를 팔고 있었다. 무조건 사자. 가마솥 옆에 주인아주머니가 등을 돌리고 앉아 옥수수 껍질을 다듬고 있다.

"옥수수, 맛있어요?"

물어보나마나 한 말을 던졌다. 아주머니가 뒤를 돌아보는 순간, 주위에 음악이 흐르는 듯했다. 오랫동안 못 만났던 사람들을 만나게 해주던 프로그램 〈TV는 사랑을 싣고〉의 배경음악 말이다.

그분이었다. 강냉이 삶기의 장인. 강냉이 아무나 삶는 거 아니라고, 자부심이 하늘을 찌르던 그 아주머니였다.

"어머! 저쪽 속옷 가게 앞에서 옥수수 찌던 분 아니세요?"

"나 맞아."

"안 보이셔서 얼마나 찾았는데요."

"거기에 이전했다고 써 붙이고 왔는데, 못 봤어요?"

"옥수수 30년 쪘다고 하셨잖아요."

"30년?"

그분이 아닌가. 30년 앞에서 답을 못 하고 주춤거리는 걸 보니 말이다.

"30년이 뭐야? 정확하게 35년째야!"

정정해야겠다. 삼척중앙시장에서 30년 아니고, 35년째 강냉이를 삶는 장인이라고 말이다.

여기서 35년 2
- 여기서 일하다가 할머니가 되었어

삼척 시내의 중심은 우체국이다. 시내의 모든 장소를 우체국을 중심으로 설명할 수 있는 까닭이다. 삼척 시내는 그만큼 아담하다. 우체국 뒤에 제법 큰(?) 문구점이 있다. 저녁 나절 문구점에 펜을 사러 갔다. 집에 펜이 수두룩하지만 펜은 원래 기분으로 사는 거 아닌가. 색이 어여쁘고 필기감이 좋은 펜을 하나 사면, 즐겁고 열정적으로 살 수 있을 것 같은 기분을 장착할 수 있으니, 가끔 펜을 사야 한다. 나온 김에 저녁을 사 먹고 가려고 근처 옹심이집에 갔다. 저녁 일곱 시밖에 안 되었는데, 옹심이집은 벌써 영업을 종료하고 문을 잠근 채 식당 안에서 매장 정리를 하고 있었다.

그냥 좀 걷다가 집에나 가자.

죽서루 쪽으로 무심히 걸었다. 어느 식당 유리창에 빨간 글씨로 써 붙인 김치찌개, 된장찌개, 순두부찌개, 이 말들이 자석이 되어 나를 끌어당겼다. 철가루가 자석에 끌려가듯 식당 안으로 들어갔다.

나는 된장찌개를 주문했다. 내 옆 테이블에 앉은 젊은 남녀는 비빔밥과 칼국수를 먹고 있었다. 둘 다 일바지를 입고 의자 위에 책상다리를 한 채 앉아 비빔밥을 전투적으로 퍼먹는 모습을 보니, 동네 사람 같다. 여행자라면 조심스레 눈으로 주변을 살피며 밥을 먹게 마련인데 두 사람은 먹는 일에 무아지경이었다. 동네 사람이 분명해. 나는 확신했다.

아니나 다를까. 사장님인 할머니가 "반찬 더 먹고 싶은 거 있어?" 하니 "고추 더 먹고 싶은데…. 없으면 안 줘도 되고요."

"있어. 있을 때 많이 줄게. 실컷 먹어."

가족인가? 싶었는데, 돈을 내고 나가는 걸 보니 가족은 아니었다. 자주 오는 동네 단골손님들인 것 같다. 그런 식당이었다. 크기가 작고, 할머니 혼자 운영하는, 개성이라고 할 만한 것이 없는 평범한 음식점.

　의자에 앉으니 할머니가 물을 주었다. 약간 따뜻한 보리차 한 잔이었다. 여느 식당들은 다 먹지도 못할 만큼 많은 양의 물을 통째로 주는 데다가 대체로 냉장고에 넣어둔 찬물을 준다. 나는 여름에도 찬물을 잘 안 마시는 사람이어서, 식당에 갔을 때 냉장고에서 물을 꺼내주면 기겁한다. 거의 안 마신다. 아이러니하게도 시원한 맥주는 없어서 못 먹는다. 아무튼 할머니 사장님이 준 미지근한 보리차 한 잔이 좋았다.

　보리차를 마시면, 나는 엄마 생각을 한다. 엄마가 살아 계실 때, 우리 집은 물을 끓여 먹었다. 엄마는 주로 보리차나 옥수수차를 끓였다. 보리차는 구수했고 옥수수차는 달았다. 며칠이라도 집을 떠나 있으면, 보리차가 그리웠다. '빨리 집에 가야지. 얼른 엄마 보러 가야지.' 이런 마음이 아니라 '빨리 집에 가서 보리차 마셔야지.' 하는 마음이었다. 집에 와서 엄마가 끓여놓은 보리차를 한잔 마셔야 '아, 집에 왔구나. 좋다.' 했다.

　오봉(쟁반)째 음식을 가져다주는 밥집은 오랜만이었다. 쟁반 위에는, 아삭하게 무친 콩나물, 부추 무친 것, 고추 밀가루 칠해서 찐 뒤 양념해서 무친 것, 고등어조림 한 토막, 방금 요리한 달걀프라이, 김치, 구운 김 그리고 호박이랑 감자를 모양 없이 썰어 넣고 끓인 된장찌개와 밥이 담겨 있었다. 7000원짜리 밥상이었다. 그냥 다 좋았다. 한 끼 식사로 이보다 더한 것을 바란다면 탐욕스러운 사람이다. 비록 김은 눅었지만 말이다. 김이 눅은 것은 할머니의 관리 소홀이 아니다. 습도 높은 계절 탓이다. 여름 날씨가 오죽이나 눅눅한가.

식당이 작아서 소리의 비밀이 있을 수 없다. 할머니는 유난히 호방하게 설거지를 하는 사람이다. 그릇 부딪는 소리가 장쾌하다. 텔레비전 뉴스 방송 소리가 이에 뒤섞이지만 거슬리지 않았다. 수돗물 콸콸 쏟아지는 소리, 그릇끼리 부딪는 소리, 텔레비전 소리를 효과음 삼아 혼자 밥을 먹는 것도 그런대로 명랑했다. 평화로웠다.

이어지는 효과음은 "아이구, 아이구, 다리야."였다. 텔레비전 바로 앞 테이블과 의자가 할머니 사장님의 집무실이자 휴게실이었는데, 할머니가 그 자리에 앉으면서 내는 신음 소리였다. 서서 요리하고 설거지하느라 힘드셨던 거다. 그러고 보니 할머니 등이 좀 굽었다. 서 있는 몸은 앞으로 기울었다. 오랜 시간 일하는 자세가 그대로 굳어진 몸이었다.

손님이 나밖에 없었다. 나는 쑥스러움이 많은 사람이지만, 조심스럽게 말을 건넸다.

"식당 차린 지 얼마 안 되셨나 봐요."

식당 테이블과 의자가 새것이었다.

"여기 사람 아니지? 삼척에 놀러 왔어요?"

"저, 삼척에 살아요."

"그런데 우리 집을 몰라? 이상하네."

반말은 할머니들의 특권이다. 할머니들의 반말은 귀엽지 않은가. 사람 무시하는 반말이 아니라, 내가 제법 오래 살아봤더니 너희들이 좀 귀엽다 싶은 마음이 전해져서 그런 것 같다. 나도 빨리 할머니가 되어 젊은이들에게 반말 툭툭 해야지 싶지만, 이 말은 진심이 아니다. 할머니가 되고 싶은 마음도, 할머니가 될 자신도 아직은 없다.

"여기 유명한 식당이에요? 저는 오늘 처음 왔는데….."

"나 여기서 35년 밥집 했어. 여기서 일하다가 다 늙어버렸어."

"테이블이랑 의자가 새거여서 새로 차린 음식점인 줄 알았어요."

"아휴, 하도 낡아서 지난봄에 묵은 거 싹 들어내고 새로 들여놨어."

음식이 맛있다고 하니, 맛있고 자시고 할 것도 없다고 한다. 그날그날 재료 있는 대로 생각나는 대로 만드는 거라 한다. 묻지도 않았는데 아들과 딸 모두 대학 나와서 서울에서 직장 다니며 잘 산다고 자랑을 하신다. 일하는 분들의 이런 자랑은 흥하지 않다. 맞장구를 과하게 치고 싶은 소박한 자랑이다.

"자식 교육 엄청 잘 시키셨네요. 여기서 고생한 보람 있으시겠어요."

"지들이 알아서 컸지. 난 여기서 일하느라 아무것도 신경 못 써줬어."

'여기서', 이 말이 유독 크게 들렸다. 할머니는 밥하고 재료 다듬어 반찬 만들고 찌개 끓이면서 여기서 35년을 보냈다. '여기'서 일하느라 복닥거리고 웃고 한숨 쉬고 땀 흘리고 눈물도 더러 흘리기도 했을까. 35년의 시간이 흐르는 동안, '여기' 창밖으로 눈이 몇 번 내렸을까. 바람 불고 비 퍼붓고 햇볕도 쏟아졌을 텐데. 봄 여름 가을 겨울이 서른다섯 번 지났을 시간이다. 사람이 누리는 인생의 시간은 한계가 빤한데, 여기서 35년이나 보내셨다니…. 다녀간 사람들의 목소리와 흔적, 배고 배었을 김치찌개 냄새, 이런 것이 여기에 오죽이나 찐득하게 더께더께 쌓였을까. '여기'라는 말이 이렇게 사람의 마음을 뒤흔드는 말이었나.

"또 와. 아주 맛난 건 없지만 밥 먹으러 오기는 괜찮아."

"네, 또 올게요."

"점심때는 사람이 많아 시끄럽고, 저녁때 오면 이렇게 한산할 때도 있지."

조심스럽게 말을 걸었다가 이말 저말 오고 간 때문인지,

아니면 잠깐 바람을 쐬려는 건지, 할머니가 식당 문밖까지 따라 나와서 이야기를 한다.

"이제 신호등 파란불 켜질 거야. 빨리 건너. 내가 언제 파란불 켜지는지 다 알지."

할머니의 작별 인사였다. 출장이나 직장 이동도 없이 여기에 35년이나 있었으니, 가게 앞 건널목 신호등이 언제 파란불로 바뀌는지 훤히 알고 계셨다. 창밖으로 할머니의 봄과 여름, 가을과 겨울이 몇 번이나 더 흐를까. 여기의 시간은 흘러서 어디로 가는 걸까.

은빛 모래 맹방 바다

내가 맹방해변을 처음 본 것은 2021년 초여름이었다. 맹방해변에 간 것은 아니었다. 그 옆 덕산해변에서 맹방 바다를 바라보았다. 해변이 크네. 저리 큰 해변이니 사람들이 많이 찾아오는구나. 이 정도의 단순한 인식을 했을 뿐이었다.

맹방해변을 제대로 본 것은 이로부터 일 년 뒤, 2022년 봄이었다. 이때 자동차를 타고 맹방해변 길을 지나갔는데 깜짝 놀랐다. 그저 커서, 많은 사람들이 찾는 해변이 아니었던 까닭이다. 무척 아름다운 바다였다. 그날은 연둣빛 나무 이파리가 바람에 반짝이는 날이었고 봄 바다의 푸른빛이 고왔다.

내가 본 강원도 영동 지역 해변 중 가장 아름다웠다.

옆에 있던 사람이 이런 말을 했다.

"맹방 백사장은 은빛이었어요. 지금보다 훨씬 더 넓었고, 명주조개가 많아 여기 와서 조개도 많이 잡았는데…. 이젠 백사장도 좁아졌고 조개도 없어요." 하더니, 한숨을 쉬며 "맹방 바다가 너무 망가졌네." 한다. 이 사람의 안타까움과 슬픔이 고스란히 나에게 전해졌다. 은빛 모래, 명주조개, 푸른 바다, 이름마저 아름다운 것들이 사라지고 있다니…. 도대체 무슨 일일까.

맹방해변은 자동차로 달려도 제법 길었다. 이보다 더 아름다웠다던 맹방은 어떤 모습이었을까 잠깐 생각하던 때, 해변의 끄트머리에 다다랐다.

거기는 공사판이었다. 바다도, 해변도 다 헤집어져 있었다.

"아니, 무슨 공사를 하는데 바다를 다 망가뜨렸어요?"

나는 놀라서 물었다. 삼척 화력발전소를 건설 중인데, 발전소에서 사용할 석탄을 운반하기 위해 맹방 바다에 항만 공사를 하고 있는 거라고, 옆에 있던 사람이 알려주었다. 항만 공사를 하느라 해변은 파헤쳐지고, 해안 침식이 심해져 은빛 모래가 파도에 쓸려 사라지고 있다고 한다.

얼마 뒤, 요가 학원에서 요가 선생님과 주말을 잘 지냈는지 이야기를 나누었다. 선생님은 친구랑 맹방해변에 스노클

링을 하러 다녀왔다고 한다.

"맹방 바다는 어땠어요?" 물으니, 바닷물 안에 들어가자마자 기절하는 줄 알았다고, 바로 물 밖으로 나왔다고 한다. 물 안에 들어가니 귀가 터질 것 같았단다. 굉음이 연속해서 들렸는데, 마치 바다 전체가 울리는 것 같은 끔찍하고 공포스러운 소리였단다. 이 굉음의 이유는 삼척 화력발전소 항만 공사였다.

"예전에 맹방 바다에 들어가면 '니모'처럼 생긴 물고기들이 정말 많았어요. 조개도 많고, 바다풀도 많아서 얼마나 예뻤는지 몰라요. 어제 바다에 들어갔더니 아무것도 없더라고요. 물고기 한 마리도 없고, 따개비조차 없어요. 그냥 텅 비었어요."

요가 선생님의 말을 들으면서 온몸에 소름이 돋았다. 텅 빈 바다를 상상해본 적 없는 까닭이었다. 바다 안에는 으레 물고기와 바다풀이 살고 있을 거라 여겼는데, 아무것도 없는 깜깜한 바다, 작은 물고기 한 마리도 헤엄쳐 다니지 않는 바다, 어떤 생명도 품을 수 없는 바다라니…. 충격이었고 무서웠다.

항만 공사는 맹방 바다의 은빛 모래만 쓸어가는 것이 아니었다. 해변의 외양만 망가뜨리는 것이 아니라는 뜻이다. 바다가 품어 키우던 생명들을 내쫓고 죽이고, 수온을 높여 생태계가 따르던 순리를 파괴한다. 더구나 석탄 화력발전소가 완공되면 대기를 오염시키는 물질을 내뿜고, 이는 결국 기후위기에 일조할 것이다. 사람도, 지구도, 맹방의 아름다움도 지키지 못할 길임이 자명하다.

맹방 바닷가 마을에 사는 학생, 소연이를 알고 있다. 소연이는 맹방 바다보다 더 예쁘고 순수한 사람이다. 서너 달 동안 우리는 함께 독서 모임을 했다. 『전쟁일기』*를 읽고, 우리의 삶을 파괴하는 것들을 주제로 이야기를 나눈 적이 있다. 그때 소연이는 울먹한 목소리로 말했다.

"우리 마을은 별명이 있어요. 조개 마을이에요. 예전부터 맹방 바다에 명주조개가 진짜 많았대요. 명주조개는 맛있기도 하지만 정말 예뻐요. 주워도 주워도 바다엔 늘 조개가 많았어요. 그런데 맹방 바다에 화력발전소 항만 공사하면서 조개가 다 없어졌대요. 어른들이 엄청 걱정해요. 조개가 많아서 조개 마을이었는데, 맹방 바다에 조개가 다 사라지면 우리 동네를 뭐라 불러야 할까요?"

한번 망가지고 나면 되돌릴 수 없는 것들이 있다. 사라진 은빛 모래, 생명이 살지 못하는 바다, 기후위기에 놓인 지구,

---

★   올가 그레벤니크, 정소은 옮김, 이야기장수, 2022.

건강을 잃을 지구의 생명체들. 이 모두가 무너지고 나면 복원할 수 없는 것들이다. 원래의 모습으로 돌아갈 수 없다.

우리는, 자연에게 그리고 사람에게 무슨 '짓'을 하고 있는 걸까.

삼척에서
만난 사람

사인해줄게, 수빈아

평소 까맣게 잊고 있다가 학교 정기고사 하루 전날에야 생각나는 일이 있다. 만년도장을 파는 일이다. 학생들이 작성하는 답안 카드에 감독 교사 확인을 해야 하는데, 대부분의 교사들은 '만년도장'을 콩콩 찍는다. 만년도장은 인주가 도장 안에 들어 있어서 따로 인주를 찍을 일이 없이 오래오래, 만년 동안 사용할 수 있는 도장으로 알고 있다.

몇십 년째 교사 생활을 하고 있지만 여태 만년도장 하나 만들지 못한 나는, 시험 때마다 기분에 따라 사인을 하거나 큰 통의 인주를 들고 아이들 사이를 다니면서 도장을 찍어주고는 했다. 사인을 하는 것도, 인주를 묻혀가며 도장을 찍는 것도 번거롭기는 매한가지여서 정기고사가 끝나면 굳은 결심을 한다. 만년도장을 파기로.

이 군은 결심을 잊는 데에 걸리는 시간은 통상적으로 1일이다. 하루가 지나면 다시 도장의 필요성을 느끼지 못하는 세계로 진입하는 까닭이다. 가끔 인터넷으로 도장 제작 쇼핑몰에 들어가기도 한다. 너무 많은 도장의 종류에 질리고, 하나를 주문하면 배송료가 붙는 현실에 적응하지 못하고, 이내 주문을 포기한다. 직접 가게에 가서 파야지.

한번은 삼척시장에 나갔다가, 할아버지가 사장님인 작은 도장 가게 앞을 지나가는데 머리에 알전구가 반짝 켜졌다. '아, 맞다. 만년도장! 나 잊지 않았어!'

잊지 않은 내가 기특하고 대견했다. 갑자기 천재가 되기라도 한 듯 나를 칭찬하고 싶었다. 드디어 내 생애 최초로 만년도장을 가지게 되는구나. 감격스러웠다. 예쁜 도장으로 골라야지. 보라 아니면 진초록. 호기롭게 가게 문을 열고 들어갔다.

"사장님, 만년도장 하나 만들려고 하는데요."

할아버지 표정에 순간 그늘이 지는 것을 목격했다. 할아버지는 약간 작은 목소리, 풀 죽은 표정으로

"우린 그런 거는 안 하는데….."

괜히 할아버지 사장님의 기만 죽였다. 사장님의 그늘진 표정은, 마치 삼척 장칼국숫집에 가서 "사장님, 파스타 주세

요."라는 요구에 답을 하는 것만 같은 얼굴이었다. 나중에 알아보니 만년도장을 제작하려면 기계가 필요했다. 기계를 들여놓을 자리도 없이 비좁은 가게였고, 할아버지 사장님은 새로운 기계를 살 마음도, 그것과 친해질 마음도 없었으리라.

춘천에서 큰 마트에 갔을 때였다. 장을 다 본 후 주차장으로 가는 길에 도장 가게를 발견했다. 도장, 시계, 현관 키 등을 동시에 취급하는 '종합 가게'였다.

"사장님, 만년도장 있어요?"

"예, 여기서 종류를 골라보세요."

내가 좋아하는 진한 초록색 도장을 골랐다.

"금방 되죠?"

"한 30분 걸려요."

이 말을 듣고 3초 동안 고민했다. 장도 다 본 마당에 뭘 하며 30분을 기다리지? 그렇다고 이 마트에 조만간 오게 될 것 같지도 않은데.

"그러면 다음에 올게요. 죄송해요."

만년도장 하나 가지는 일은 지난至難한 일이었다.

지금은 2회 고사(기말고사의 요즘 말) 기간이다. 여전히 나는 그깟 만년도장 하나 없는 중견 교사다. 1회 고사 때, 내가 큰 통의 인주를 들고 다니는 것을 보고 웃는 교사들이 있었다. 물론 친분 있는 교사들이 나쁘지 않은 마음으로 웃었지만, 내 마음은 시무룩해졌다. 그렇다면 나는 사인을 할 거야.

어제 시험 감독으로 들어가서, 학생 답안 카드에 초록색 펜으로 서명을 해보았다. 시간이 오래 걸리기는 하지만, 예비령과 본령(시작종) 사이에 아이들 옆에 착 붙어 서서 정답게(내 마음만) 사인을 해주는 것도 괜찮은 일이었다.

본령이 울리기 전에, 아이들은 답안 카드에 학번과 이름을 써놓고 시작종이 울리기를 기다린다. 이때 나는 아이들 사이를 분주하게 다니면서 사인을 한다. 아이들에게 기운을 불어넣어주는 기분으로 '시험 잘 봐!' 한다. 물론 소리 내어 말하지는 않는다. 어느 교실에 시험 감독을 들어갈지는 랜덤인데, 이번 고사 기간엔 평소 수업을 하는 2학년 교실에 주로 들어갔다. 아는 아이들이어서 그런지 응원하는 마음이 더 진했다.

오늘 1교시, 2학년 7반에 들어가니 '생명과학' 시험이었다. 생명과학은 선택 과목이어서 25명 중 시험을 치르는 학생이 열 명뿐이었다. 그러니까 시험 보는 학생이 시험을 안 보는 학생들 사이에 뜨문뜨문 앉아 있는 거다. 시험을 보지 않는 학생은 조용히 공부를 한다. 시험 보는 아이를 찾아가서 답지와 시험지를 나눠주고, 본령이 울리기 전에 아주 다정한 목소리로 말했다.

"본령 울릴 때까지만 감독 교사 확인란에 사인 좀 할게. 여러분은 그냥 편하게 있으세요."

참고로 시험 보는 아이들은 초긴장, 초피곤, 초예민 상태여서 감독 교사는 초친절과 초다정의 의무를 지녀야 한다. 생명과학 시험 보는 아이들을 골라가면서 사인을 다 했다. 교탁 앞에 돌아왔는데, 수빈이가 애처로운 목소리로 "선생님, 저는 사인 안 해주셨어요." 한다.

엄마가 여러 명의 자식들에게 밥을 퍼주었는데 그중 한 명이 "엄마, 저는 밥 안 주셨어요." 하는 것과 흡사한 애처로운 목소리였다.

수빈이는 하얗고 동그란 얼굴에 동그란 안경을 쓴 학생이다. 마치 바가지를 머리에 씌워놓고 바가지 선을 따라 머리카락을 자른 듯 동그스름한 커트 머리 스타일을 2년째 유지하고 있다. 온라인 수업을 할 때, 화면에 보이는 수빈이를 실물이 아니라 사진이라 여긴 적이 있다. 의자에 앉아 있는 자세가 반듯한 데다가 시간이 경과해도 움직임이 없던 까닭이다. 틀림없이 사진일 거야. "수빈아, 오른손 들어봐." 했더니 사진의 수빈이가 오른손을 번쩍 들었다. 이런, 나의 오해였다. 사진이 아니라 진짜 수빈이였다. 자세가 워낙 반듯해서 생긴 오해였다. 수빈이와 나는 이런 에피소드를 추억으로 간직한 사이다.

아무튼, 귀여운 수빈이만 빼고 사인을 해줬다니….

"어? 그래? 미안. 다른 사람은 몰라도 수빈이 사인은 꼭 해줘야지."

시험 시작종이 치기 몇십 초 전이었는데, 긴장해 있던 고2 여학생들이 크게 하하하 웃는다. 수빈이와 내가 주고받은 대화의 뉘앙스가 묘했던 거다. 교사가 답안 카드에 감독 확인 서명을 하는 공적인 일이 아니라, 유명인에게 사인을 받는 사적인 일 같은 느낌이었나 보다. 수빈이 답안지에 특별히 정성을 들여 사인했다. 그래봤자, '서현숙'이라는 범상한 사람의 이름 석 자 쓰는 일이지만 말이다.

만일 내가 만년도장을 일찌감치 만들었다면, 오늘 답안지에 간편하고 폼 나게 도장을 콩콩 찍어댔더라면, 수빈이는 아마 이렇게 말했겠지?

"선생님, 저 도장 안 찍어주셨어요."

이 말은 다른 학생들의 웃음을 일으키지는 못했을 것이다. 그저 감독 교사의 업무 착오에 지나지 않았겠지.

웃음이 흔한, 평화로운 삶의 시간이 있다. 또 차마 웃을 수 없는, 웃음이 사라진 긴장된 시간도 온다. 다들 잠도 몇 시간 못 자 피곤하고, 시험 직전이라 잔뜩 긴장해 있을 때 우리는 잠깐 웃었다. 뭐, 웃음이 구체적으로 한 일은 딱히 없다. 그저 3초 정도 웃고, 시험을 봤을 뿐이다. 웃음이 현실에 어떤 힘도 끼치지 못했고, 어떤 것도 바꾸지 못했다. 그럼에도 이 웃음은 우리를 찾아온 잠깐의 선물 같았다.

이게 다 내가, 20년이 지나도록 만년도장 하나 파지 못하는 게으르고 우유부단하고 까먹기를 잘하는 교사여서 생긴 일이다. 이 글을 쓰다 말고, 나는 또 인터넷 쇼핑몰을 뒤졌음을 고백한다. 이번엔 만년도장을 미리 파는 준비성 철저한 교사로 변신해야지. 이런 장한 마음이었으나, 초록색과 핑크색 사이에서 고민하고 길이가 긴 것과 짧은 것 사이에서 갈등하다가 주문을 포기했음도 아울러 고백한다.

아는 사람, 와니

나를 두 번이나 울린 사람이 있다. 이름은 권현완이다.

현완이는 2021년 국어 시간에 만난 학생이다. 그해 봄 국어 시간, 고1 학생들은 이삼 주에 걸쳐 한 권의 책을 읽고 글을 쓰고 친구들과 독서토론을 했다. 현완이가 읽은 책은 김민경 작가의 『지구 행성에서 너와 내가』(사계절, 2020)였다. 이 책은 세월호 참사가 있던 날 공교롭게 교통사고로 엄마를 잃은 소녀가 책을 통해, 곁의 사람을 통해, 천천히 마음의 상처가 아무는 이야기를 담은 소설이다.

학생들은 책을 읽고 난 후 더 생각해볼 만한 질문을 하나 정하고, 이 질문을 주제로 1천 자 내외의 글을 썼는데 현완이가 정한 질문은 '슬픈 기억을 잊어야 할까?'였다. 세월호 이야기를 하려나 보다. 그때 사회적으로 받은 상처와 슬펐던 기억을 잊어도 될까. 이런 문제의식을 가지고 글을 쓰려나 보다 싶었다.

현완이는 일 년 전 세상을 떠난 할머니 이야기를 했다. 할머니를 잊고 싶다고 했다. 할머니가 돌아가신 후 관으로 옮길 때 본, 할머니 모습을 잊고 싶다는 거였다. 돌아가신 할머니 모습이 너무 가여웠고, 할머니가 세상에 존재하지 않는 것을 믿을 수 없고, 또 믿고 싶지 않아서 울고 또 울었다 한다. 그날의 시간도, 그때 본 할머니 얼굴도 잊고 싶은 마음이었다.

하지만 현완이는 할머니를 잊고 싶지 않다고 했다. 병실에 계실 때 병문안을 갔는데 할머니가 "우리 와니 사탕 줘야지." 하며 오렌지 맛 막대 사탕을 현완이 손에 쥐여주었다. '와니'는 할머니가 현완이를 부르는 애칭이었다. 와니는 이 사탕을 지금도 간직하고 있다. 자신의 손에 사탕을 쥐여주던 할머니의 웃는 얼굴, 그때의 시간, 할머니의 웃음을 잊고 싶지 않다고 한다.

숨이 끊어진 할머니의 가여운 모습을 잊고 싶고, 오렌지 맛 사탕을 주던 할머니의 웃는 모습을 잊고 싶지 않다는 와니의 글을 읽다가 눈물이 주르르 흘렀다. 와니의 아픈 마음이 그대로 전해져서 나도 코끝이 시큰했다. 이런 슬픔은 늘, 곧장 내가 엄마와 영원히 이별했을 때의 기억으로 달려가고 이어진다. 눈물을 유독 참기 힘든 까닭이기도 하다. 채점하다 말고 눈물을 쏟았다.

그 자리에서 빈 엽서 한 장을 꺼내 와니에게 짧은 편지를 썼다. 와니가 자신의 마음을 나에게 보여줬는데 모른 척할 수 없었다.

와니에게. 글 읽고 나도 눈물을 흘렸어. 슬픈 기억이지만 그리운 마음을 담은 기억이니까 잊지 않아도 괜찮지 않을까. 그냥 마음껏 그리워해도 될 것 같아. 와니와 아는 사이여서 참 좋다.

사실 내가 현완이를 부르는 애칭은 따로 있었다. '권 공주'였다. 학기 초 수업 시간에 지나가는 말로 몇 명의 학생에게 부모님이 자신을 부르는 애칭이 있는지 물었다. 현완이 아버지는 딸을 '공주'라 부른다고 했다. 그 자리에서 단박에 알았다. 이 아이가 집에서 어떤 존재인지 말이다. 아버지가 사랑하고, 아버지에게 아낌을 받는 존재, 아버지에게 '전부'인 사람인 거다. 물어보길 잘했다.

이때부터 나도 현완이를 권 공주라 불렀다.

문제는 내가 "권 공주!"라고 부르면 현완이는 얼굴은 물론 귀까지 빨개지는 거였다. 순진하고 순수하고 순정한, 한

마디로 '오염'되지 않은 아이여서 더 쑥스러워하고 부끄러워했다. 또 다른 문제는 나의 장난기가 발동한다는 거다. 현완이가 얼굴을 붉힐수록, 나는 더욱더 열심히 "권 공주!"라 불렀다.

어두운 밤길을 가다가 우연히 와니를 만난 적이 있다. 이때도 나는 "어, 안녕? 권 공주! 집에 가는 중이야?" 큰 목소리로 물었고, "예, 선생님. 안녕히 가세요."라 답하는 현완이의 마스크 너머로 흰 얼굴이 빨갛게 물든 것을 보고 말았다.

현완이를 부르는 호칭은 진화했다. 현완이에서 권 공주로, 이제는 와니 공주로 말이다. 아버지가 부르던 '공주'와 돌아가신 할머니가 부르던 '와니'를 합하니, '와니 공주'가 되었다. 세상에서 단 하나밖에 없는 호칭. 빵에 넘쳐 흐르게 발라진 딸기잼처럼 가족의 사랑이 듬뿍 발라진 호칭이다.

와니의 마음은 모질지 못하다. 순하고 무르다. 그 형태를 볼 수 있다면 순두부에 가깝지 않을까. 하얗고, 따뜻하고, 모난 데 없고 말랑한 성정이 딱 순두부다. 순두부 와니.

순두부 와니의 눈물이 터져버린 일이 있었다. 2021년 겨울, 학년이 끝나갈 무렵 우리는 국어 시간에 책을 읽고 있었다. 아이들이 책을 읽는 책상 사이를 지나다가 깜짝 놀랐다. 나와 눈이 마주친 순두부 와니가 "선생님…." 애처로운 목소리로 나를 부르는데, 이미 눈이 터질 듯 붉어져 있다.

"어, 왜? 무슨 일 있어?"

"이럴 줄 몰랐어요. 우앙~"

순두부 와니가 운다. 소리 내어 운다.

"왜 그래? 무슨 일이야?"

당황스러웠다. 이게 무슨 일인가.

"이 책 너무 슬프잖아요. 이렇게 슬프게 끝날 줄 몰랐어요. 우앙~"

와니는 이꽃님 작가의 『세계를 건너 너에게 갈게』(문학동네, 2018)를 이제 막 다 읽은 참이었다. 주인공이 20년 전을 살아가는 사람과 시간을 건너뛰어 편지를 주고받게 되었는데, 소설 마지막에 편지를 주고받았던 이의 정체가 밝혀진다. 그 사람은, 주인공이 태어나자마자 세상을 떠난 엄마였다. 와니는 이런 사람이다. 다른 이의 슬픔에 눈물이 터져버리는 사람.

다음 해 문학 시간에 고등학교 2학년이 된 와니를 또 만났다. 좋았다. 와니는 오래도록 '아는 사이'로 지내고 싶은 사람이니까. 많은 대화를 자주 나누지 못해도 언제나 내 이야기를 잘 들어주고 나를 받아줄 것 같은 사람이니까.

나는 학생들이 쓴 글을 읽고 있는 중이었다. 원고지 뒷장 글 끝에 이름을 쓰게 되어 있어서 누가 쓴 글인지 모른 채 읽고 있었다.

밥을 급하게 먹어 체하면 배를 살살 쓸어주시던 손이 다정했다. 밤에 자다 깨어 뒤척이면 어떻게 아셨는지 나를 품에 조용히 안고 토닥여줄 때 온몸을 감싸는 체온이 따뜻했다. 물에 만 밥에 김치만 얹어 먹어도 할머니와 함께라면 그것보다 더 맛있는 것은 세상에 없다. … 어린 시절 내가 배운 사랑은 할머니의 손길과 체온에 그 뿌리가 닿아 있는지도 모른다.

나는 또 눈물이 왈칵 쏟아졌다. 글을 쓴 학생의 이름을 보니 순두부 와니였다. 와니 마음에 할머니는 영원한 그리움이구나. 할머니가 아마 지금도 와니 곁에 머물러 있지 않을까. 이렇게 자신을 내내 못 잊는 사람 곁을 떠날 수 있을까.

와니가 쓴 1천 자를 물끄러미 바라보았다. 글자가 가진 힘이 신비로웠다. 한글의 자음과 모음을 엮어 이렇게 큰 순정을, 진득한 그리움을, 연필로 사각사각 담아낼 수 있다니.

와니는 혼자 있는 것을 좋아한다. 와니의 마음이 힘들 때 찾는 은신처는 동네 놀이터 그네다. 하늘을 올려다보면서 그네를 타면 별들이 움직이는 것 같고, 그럴 때 이 세계에 자기 혼자만 있는 것 같은 느낌을, 와니는 좋아한다. 다른 수단이나 도구 없이, 그저 그네와 별과 바람으로 자신의 지친 마음을 다독일 수 있는 사람. 그렇게 맑은 사람이다. 마치 비 막그친 초저녁에 홀연 불어오는 바람 같다. 산 냄새 흙냄새 묻은 바람.

와니는 돌아가신 할머니가 주신 사탕을 버리지 못하고 간직하고 있다. 아직도 할머니의 손길과 품을 그리워한다. 할머니와 함께 물에 밥 말아서 김치를 얹어 먹는 것보다 더 맛있는 음식을 아직 알아내지 못했다. 자신의 마음을 다독이는 데에 그저 동네 놀이터의 그네, 밤하늘의 별과 바람만 있으면 충분하다. 이런 사람과 아는 사이여서 기쁘다.

은세야, 은새가 되렴

여름방학 마지막 날이었다. 그러니까 개학 바로 전날이었다. 마음이 뒤숭숭하고 설렌다. 내 직장이 '학교'여서 그럴 것이다. 몸과 정신의 리듬이 '학기'를 단위로 굴곡을 겪는다. 방학이 다가오면 더 이상 힘을 낼 수 없을 정도로 피곤하다. 내가 몸에게 인식시키지 않더라도 몸이 이미 학기가 끝날 무렵이라는 것과 곧 방학이라는 것을 알고 반응하는 것 같다. 개학이 다가오면 복합적인 감정에 빠진다. 긴장과 두근거림과 심란함이다. 새로운 학기, 새로운 생활을 시작한다는 긴장과 설렘이고, 또 한 학기를 잘 살아낼 수 있을까 하는 근심이다. 내가 이러한 감정의 짬뽕에 빠져 허우적거리던 날, 전화가 왔다. 학급 반장 은세였다.

"은세야, 안녕? 잘 지냈어?"

무슨 일로 전화했나 궁금했다. 내가 맡은 학급의 학생이 나에게 전화할 때는 대체로 '무슨 일'이 있을 때니까.

"잘 지내셨어요, 선생님?"

"어, 무슨 일이야?"

"아뇨. 내일이 개학이어서 전화 드려봤어요."

"내일 개학인데, 왜? 왜 전화했어?"

참 멋없는 교사다. 오랜만에 전화한 학생에게 다짜고짜 왜 전화했냐고 거듭 묻다니 말이다. 아마 학생과 교사의 관계가 학교라는 공간에서 이루어지기 때문일 거다. 학교라는 공간, 그곳에서 함께 보내는 시간을 벗어났을 때는 '특별한 일'이 있어야 연락을 하는 사이니까.

"선생님 잘 지내셨나 궁금해서요. 내일이면 선생님을 뵙겠구나 하고요."

교사 생활을 20년 넘게 해왔지만 개학 전날 담임교사의 안부를 묻기 위한 목적 하나로 전화한 학생은 은세가 처음이었다. 대체로 담임교사가 학급 학생들에게 단체 메시지를 보낸다. "내일 개학이니까 잊지 말고 학교에 오세요."

업무의 성격이 강한 인사다.

은세는 가족과 계곡에서 쉬고 있다고 했다. 내일이 개학이라 학교 생각을 했고 담임교사인 내 생각을 했다 한다. 이런 마음은 어떤 마음일까. 담임교사의 안부를 먼저 물을 줄 아는 열일곱 살 아이의 마음은 어떤 빛이고 어떤 깊이일까.

내가 근무하는 학교는 대학수학능력시험 때 고사장으로 이용된다. 수능 시험이 다가오면 교실을 고사장으로 꾸며야 하는데, 보통 일이 아니다. 평소 교실은 아이들이 하루 24시간 중 여덟 시간을 보내는 일상의 공간이다. 교실에는 스무명 남짓의 학생들이 생활하는 데에 필요한 온갖 자질구레한 살림이 있고, 교실 여기저기에 일상의 흔적이 잔뜩 묻어 있다. 이 공간을 고사장으로 꾸민다는 것은 교실에 담긴 일상을 지워야 하는 일이다. 책상과 의자를 제외한 모든 집기, 자질구레한 살림을 들어내야 하고, 교실 뒤 사물함과 복도 신발장을 비워야 한다. 학교 교무부에서, 교실을 고사장으로 바꾸면서 점검해야 하는 사항을 보내주는데 대략 50가지에 가깝다.

담임교사인 나와 학급 아이들이 이 일을 해야 한다. 어마어마한 점검표를 받아놓고 나는 한숨을 쉬었다. 시작하지도 않은 일인데 벌써 스트레스를 받는다. 점검표를 교실 교탁 위에 두고 잠시 교무실에 다녀왔더니, 점검표가 사라졌다. 어라, 이게 어디로 사라졌지? 교실을 둘러봤더니, 반장 은세와 부반장 하연이가 이 종이를 들고 있었다. 점검표에 형광

펜으로 표시해가면서 학급 아이들과 함께 일을 하고 있었다.

학급 아이들이 은세를 보고 있고, 은세가 교탁 앞에 서서 "TV에 전지를 붙여야 하는데…." 하면 누군가가 "어, 내가 할게." 한다. "또 교실에 붙은 게시물을 다 떼어야 한대." 하면 누군가가 "○○이랑 내가 할게." 한다. "사물함 안을 비웠는지 점검을 해야 하는데…." 하니 "내가 할게." 한다. 기계적이고 세세한 역할 분담을 하지도 않았는데, 술술 진행되고 있었다.

나는 매사 투덜거리는 경향이 심하고, 주위를 잘 챙기기보다 잘 잊어버리는 사람이다. 이런 내가 50가지를 점검하면서 아이들과 수능 고사장 꾸미는 일을 했더라면 무진장 힘들었을 거다. 더 투덜거렸을 거고, 스트레스 받으며 일하면서도 꼼꼼하게 해내지 못했을 거다. 이날 인정할 수밖에 없었다. 내가 이 아이들을 만난 것, 은세와 하연이를 반장과 부반장으로 만난 것이 행운이구나.

그해 내가 맡은 학급 아이들은 전반적으로 점잖고 온화했는데 은세 주변에 늘 아이들이 옹기종기 모여 있었다. 학급의 구심점은 담임이 아니라 은세였다. 은세의 매력이 뭐길래 저렇게 주위에 친구들이 모여들까. 어떻게 늘 웃고 있는 눈일까. 누구에게도 쓴소리 안 할 수 있을까.

한번은 우리 반 수업을 하다가 아이들에게 물었다.

"고민이 생겼을 때, 내 고민을 잘 들어줄 것 같은 우리 반의 친구는 누구야?"

많은 아이들이 "은세", "은세?", "은세요", "은세가 잘 들어줄 것 같아요." 한다. 은세는 눈을 작게 하며 웃는 눈으로 난처하기라도 한 듯 "왜 다… 나한테 고민을…." 한다.

은세, 내가 가지지 못한 것을 가진 아이다. 나는 '나' 중심으로 살아왔다. 타인의 기분보다는 나의 기분이 중요하고, 타인의 감정이 조금 상하더라도 내 의사를 관철시키는 것에 가치를 두고, 타인이 좀 불만을 가져도 내가 하고 싶은 것을 해야 하는 사람이다.

못난 고백이어도 숨길 수 없는 사실이다. 은세는 타인의 안부를 물을 줄 알고 다른 이와 함께 일할 줄 안다. 타인을 향해 귀를 여는 사람이고 마음도 여는 사람이다. 그러니 친구들이 자신의 고민 이야기를 잘 들어줄 것 같은 '타인'으로 여겼을 거다.

가을 무렵이었는데, 교실에 갔더니 교탁 주변에 아이들이 오글오글 모여 있다. 뭘 하느라 이렇게 귀엽게 모여 있나 들여다봤더니, 교탁에 붙인 좌석표에 낙서를 하면서 키득거리고 깔깔거리고 있다. 내가 보고 있다는 걸 알아차리고는 "선생님, 은세는 사람 아니에요." 한다.

"사람이 아니면 뭐야?"

"새예요, 새. 조류. 은새."

"아…."

"여기, 은세 친구들이에요."

아이들이 가리키는 '여기'는 좌석표에서 '은세' 이름이었고, 은세 이름 위아래 좌우에 여러 명이 달려들어 그려놓은 작은 새들이 빼곡했다.

웃음이 났다. 아, 은세는 은새였구나. 참 잘 어울린다. 은세에게 '은새' 말이다. 파란 하늘로 포르르 날아오르는 은빛 새 한 마리가 머릿속에 그려졌다. 은새가 날갯짓을 하니 사방에 은가루가 부서지듯 날려 반짝거린다. 반짝이는 가루가 세상을 살짝 덮으려나. 은새의 친구들, 명랑한 새 친구들이 은새와 함께 포르르 날아오르며 지저귄다. 은세는 아마 이렇게 살아갈 테지. 햇살 속에서 반짝거리면서, 주위 친구들과 함께 어울려, 날아오를 테지.

다영 친구, 인디안에서 만나!

2021년 가을, 아이들과 함께 소풍을 갔다. 삼척에서 가까운 경상북도 울진군 망양정으로 떠난 소풍이었는데 날씨가 빛났고, 학급 아이들은 감개무량해했다. 코로나19로 인해,

아이들은 2년째 소풍도 체육대회도 누리지 못했고, 학교생활의 활력소 구실을 했던 모든 대면 행사가 사라진 시기였던 까닭이다. 2년 만에 나선 학급 나들이 길에 아이들은 들떠 있었다. 망양정으로 향해 길을 걷는 동안 쉴 새 없이 "선생님, 기분이 너무 좋아요.", "학급 친구들과 이렇게 단체로 놀러 나온 거 정말 오랜만이에요."라 떠들었고 "하하하", "깔깔깔" 웃음소리가 끊이지 않았다.

망양정의 시작은 고려 시대다. 위치를 조금씩 이동하다가 1854년 철종 5년 때, 지금의 자리에 세워졌다. 망양정까지 걸어가는, 나무가 우거진 산책로가 좋고, 망양 해수욕장 남쪽 바닷가 언덕 위에 세워진 망양정에서 바라보는 바다가 시원하고 아름답다. 조선 시대 정철의 가사 「관동별곡」에서 '일이 됴흔 세계 눔대되 다 뵈고져(이렇게 좋은 세계를 세상 사람들에게 다 보여주고 싶다)'라 노래한 곳이 망양정이다.

아이들도 '일이 됴흔 세계'를 기록으로 남기고 싶었는지 망양정에서 학급 단체 사진을 찍자 했다. 맨 앞줄은 쪼그려 앉고, 두 번째 줄은 어중간하게 허리를 숙이고, 세 번째 줄은 서서, "하나 둘 셋" 사진을 찍으려는 찰나, 한 아이가 "선생님, 은이가 없어요!" 했다. 또 다른 아이가 "은이, 저쪽에 다영이랑 앉아 있어요!" 한다. 우리 반 학생 은이는 저쪽 벤치에 다른 반 학생 다영이와 다정하게 앉아 있었다. 아이들이 은이를 부랴부랴 데려와서 다시 단체 사진 대열을 갖추고 사진을 찍었다.

망양정 다음 장소로 이동해서 학급 인원을 확인할 때마다 은이는 다른 반 친구인 다영이와 있었다. 은이가 다영이랑 친한가 보다 싶으면서도, 매번 둘이 따로 있는 모습이 좋게 여겨지지는 않았다. 학급 소풍이니, 학급 친구들과 즐거운 시간을 보냈으면 하는 마음이었다. 그게 다영이와의 첫 만남이었다.

다음 해에 나는 2학년 문학 과목을 맡았고, 다영이가 있는 4반 수업도 들어가게 되었다. 다영이와는 초면 아닌 구면이었다. 수업 시간에 다영이는 종종 꾸벅꾸벅 졸았다.

한번은 7교시 정규 수업이 끝난 후, 4반 교실에 볼 일이 있어서 갔다. 텅 빈 교실에 한 학생이 책상에 엎드려 자고 있었다. 다영이였다. "다영아!" 이름을 불러도 듣지 못할 정도로 깊이 잠들었다. 마침 그 반 학생이 교실에 들어오길래

"○○아, 다영이 수업 끝난 줄도 모르고 자나 봐. 깨워줘야 하지 않아?"

"아, 괜찮아요."

"왜?"

"다영이 알람 맞춰놓고 자는 거예요. 시간 되면 일어나서 집에 갈 거예요."

한밤중도 아닌 오후 네 시 반에, 텅 빈 교실에서 알람을 맞

취놓고 깊이 잠든 다영이. 뭐랄까. 해석이 잘 안 되었다.

문학 시간에 네다섯 명이 모둠을 이뤄서 한 권의 책을 읽고 글을 쓰고, 독서토론을 하는 활동을 했다. 다영이가 읽은 책은 김해원 작가의 『나는 무늬』(낮은산, 2021)였는데, '정의로운 사회가 되기 위해 어떤 청소년 정책이 필요할까?'라는 질문을 정하고 글을 썼다.

솔직하고도 부끄러운 내 마음은 다영이에게 물어보고 싶었다. "이 글 네가 썼니?"라고 말이다. 학생이 쓴 글을 믿지 못하는 내 마음은 부끄러웠지만, 내가 본 다영이는 착하기는 한데 수업 시간에 졸고 수업이 끝나면 자다가 집에 가는 학생이었다. 청소년 인권, 청소년 아르바이트에 대한 사회 정책에 의젓하고 성숙한 의견을 펼치는 다영이는, 내가 아는 다영이가 아닌 까닭이었다. 다영이는 더 알고 싶은 사람이 되었다.

2학년 학생들을 대상으로 '진로융합독서발전소' 팀원을 다섯 명 모집했다. 한 학기 동안 함께하는 독서 모임인데, 한 가지 주제(예를 들어 사람, 음식 등)를 정하고 사회·예술·과학·문학 등의 분야에서 책을 읽고 독서토론을 한 후, 네 가지 분야를 아울러서 토론을 하는 모임이었다.

다영이가 '진로융합독서발전소' 참가 신청을 했고, 팀원이 되었다. 한번은 삼척 시내 이디야 카페에서 만나기로 했다. 발전소장인 내가 직원(팀원을 부르는 우리끼리의 애칭)들에게 시원한 음료수를 사기로 한 거였다. 네 명의 직원들은 약속 시간에 맞게 도착했다. 다영이만 오지 않았다. 속으로 생각했다. 다영이가 성실한 활동을 할 수 있을까.

10분쯤 지나, 다영이가 급하게 뛰어 들어왔다. "죄송합니다."를 연달아 말하면서.

"제가 인디안으로 가는 바람에 늦었어요." 했다.

나머지 친구들은 "인디안? 거기는 어딘데? 거기를 왜 갔어?" 했고, 내가 묻고 싶은 말도 그거였다.

"택시를 탔는데, 기사님이 인디안(남성복 브랜드) 앞에 데려다줬어요."

"왜?"

"이디야를 인디안으로 알아들으셨대요. 기사님이 다시 이디야로 데려다주는 바람에 늦었어요. 죄송해요."

네 명의 친구들과 나는 웃음이 터졌다. 우리는 배에 경련이 일어나도록, 눈물이 나도록 웃었다.

한 학기 동안 일곱 번 정도의 독서 모임을 했다. 다영이는 분위기를 유쾌하게 만들고, 주위를 무장해제시키는 사람이었다. 친구들이 편하게 대화할 수 있는 흐름을 만들고 친구의 말을 경청했다. 다영이는 정치와 사회에 관심이 많고, 아는 것이 많았다. 그저 웃음 많고 무른 친구 같지만, 한국 사회와 정치에 대해 진지하고 생각 많은 친구였다.

처음부터 타인을 제대로 알 수는 없다. 그를 알아가는 과정이 순탄한 직진일 때도 있다. 또는 직진과 후진, 지름길과 에둘러 가는 길을 몽땅 반복하면서 알게 되는 사람도 있다. 다영이를 알아가는 과정은 후자였다. 다영이에 대한 무지와 오해에서 우리 관계는 출발했지만, 차츰차츰 다영이의 진면목을 알게 되었다. 심지어 다영이의 매력에 푹 빠져서, 내가 더 다영이를 좋아하게 되었다. 다행이다. 우리의 관계가 오해에 머물지 않아서.

학교에서 다영이와 마주치면 마구 장난을 치고 싶어진다. 다영이를 만나면 농담을 먼저 한다. 우리끼리만 통하는 농담.

"다영아, 우리 인디안에서 한번 만나야 하지 않니?"

"그니까요. 언제 만날까요?"

요가 학원에서 만난 해민이

해민이는 피곤한가 보다. 인형 쿠션을 베개 삼아 엎드려 자고 있다. 2학년 3반 1교시 수업. 1회 고사가 내일부터라 시험 공부 할 시간을 주기로 했다. 시작하고 5분 정도 지났나.

해민이는 벌써 잠들어버렸다. 수업이 공적인 일이라면, 해민이와 나는 사적인 일을 공유하는 사이다.

2주 전, 삼척 요가 학원 탈의실에서 해민이를 만났다. 외투를 벗어 개인 사물함에 넣는 중이었는데 옆에서 누가 "안녕하세요." 했다. 고개를 돌려 보니 내가 근무하는 학교 2학년 해민이였다.

요가 학원에서 학생을 만날지도 모른다는 상상을 해본 적이 없어서 그런가. 조금 당황했다. 요가 학원 회원들이 나를 모르는 것을 원한다. 좁은 동네에서 내 직업이나 직장명, 나이 등을 밝히고 싶지 않다. 두어 다리만 건너면 서로 다 알 수 있는 지역인 데다가, 내 성향이 그렇기도 하다. 낯가림이 심하고, 사람들과 잡다한 관계를 만들고 싶어 하지 않는다.

나는 웃으면서 농담 삼아 "어디서 본 적 있는 언니인데…." 했다. 내 농담은 탈의실 안의 사람들이 해민이와 나의 관계를 알아채지 않기를 바라는, 직장을 공개하고 싶지 않은 의도가 컸다. 대신 해민이를 보는 나의 표정이 '어! 해민이구나. 반가워.'를 전하고 있다고 생각했다. 하지만 해민이는 나의 농담을 진담으로 받아들이고 진지한 표정과 목소리로 "선생님, 저 2학년 3반 박해민이에요." 한다. 내가 자기를 몰라본다고 여긴 거다. 나는 얼른 작은 목소리로 "그래! 해민이인 거 알고 장난친 거야. 반가워." 했다.

학생과 같이 요가 수련을 하는 것이 불편하지는 않았다. 학생과 같이 수영을 할 수도 있고, 등산을 함께할 수도 있으니까. 사실 평소 해민이와 교류가 많지는 않았다. 올해 알게 된 학생이었고 수업 시간에 조용한 편이어서 요가 학원에서 만나기 전에는 대화를 나눠본 적이 없었다.

나는 벽 옆에서, 해민이는 저쪽 창 옆에서, 각자 운동을 했다. 수련 시간이 끝나고 회원들은 매트를 접어 정리하고 있었다. 나는 동작이 느린 편이어서 요가 수련 시간 후에 가장 늦게 정리하고, 가장 마지막으로 나갈 때가 많다. 운동이 끝나고 매트에 누워 해민이가 수련실 밖으로 나가는 것을 보았다. 운동 잘하고 가나 보네.

집에 간 줄 알았던 해민이가 잠시 뒤 수련실에 다시 들어왔다. 탈의실에 가서 겉옷을 입고 짐을 챙긴 뒤 다시 들어온 거다. 누워 있는 내 옆에 오더니 고개를 숙여 인사한다. "선생님, 저 먼저 갈게요. 안녕히 계세요." 한다. 나는 해민이 목소리를 오늘 처음 들었다. 키가 크고 몸집이 있어서, 쾌활한 성격이려니 했는데 목소리가 작고 귀여웠다. 나는 벌떡 일어나 앉아 "어, 그래. 잘 가. 또 만나." 했다. 내 옆에서 매트를 정리하던 회원이 우리를 곁눈질하고 있었다. 내 직업 다 들켰구나.

다음 날 요가 학원에 가니, 한 회원이 나에게 말을 건다. 전날 해민이와 인사를 할 때 옆에 있던 사람이다.

"학교 선생님이시죠?"

나는 왜 이런 궁금증이 싫을까. 개인적인 일에 대한 호기심을 왜 좋아하지 않는 걸까. "요가 학원에 오면 다 요가 배우러 온 학생이죠."라는 말로 대화를 끊어버렸다. 요가 학원에서 만난 사람들과는 요가의 세계에만 머물고 싶다. 요가 밖의 세계를 이 안에 끌어들여, 서로의 개인사에 대한 호기심으로 눈을 반짝이고 싶지 않다.

며칠 뒤 해민이를 다시 만났다. 나는 해민이 뒤에서 운동을 했는데, 해민이가 제법 진지하게 운동한다는 것을 알게 되었다. 그날 프로그램은 '타바타'였다. 타바타는 짧은 시간 동안 숨이 찰 정도의 고강도 운동을 한 뒤 잠시 쉬었다가 다시 연속해서 진행하는 운동이다. 힘든 운동인데, 뒤에서 보니 꾀도 안 부리고 힘들다고 짜증 내지도 않고 묵묵하게 몸을 움직이고 있었다. 타바타는 도구를 여러 개 이용한다. 벽돌처럼 생긴 블록 네 개, 나무 기둥처럼 생긴 폼 롤러를 옆에 두고 이것저것 사용하면서 운동을 한다. 운동 시간이 끝나고, 매트 옆에 늘어놓은 손수건, 물 등을 정리하고 있는데 해민이가 내 폼 롤러와 블록 네 개를 얼른 집어 가면서 작은 목소리로 "선생님, 제가 가져다놓을게요." 한다. 내가 사용한 것들을 도구실에 가져다 정리해준 거다.

학원에서 나와, 헤어지기 전까지 짧은 거리를 해민이와 걸었다. 엄마가 이 학원에 다녔고, 자신에게 요가를 권해서 다니게 되었다고 한다. 힘들지 않나 물었더니 힘들기도 한데 재미있다고 한다. 어떤 수업이 가장 재미있냐 했더니 '리커버링' 도구를 이용한 수업이 재미있고, 오늘 한 타바타 수업이 힘들다고 한다.

해민이의 목소리는 작고 귀여웠다. 조곤조곤 말하는 모습이 이뻤다. 운동하는 모습을 보니 과묵하고 참을성 있는 아이였다. 학교 아닌 곳에서 교사를 만나도 공손한 학생이었다. 반년을 수업하고도 몰랐는데, 요가 학원에서 두세 번 만나고 알게 된 것들이다. 시험 공부를 하는 시간에 쿠션을 베고 잠을 자는 걸 보니, 해민이는 공부에 큰 애착은 없는 것 같다. 그러면 좀 어떠랴. 공부에 대한 자세는 그 사람의 일부일 뿐이다. 교실에서 교사와 학생이 만나면 대개 '공부'를 기준으로 서로를 보게 된다. 나는 학교 아닌 요가 학원에서 해민이를 만났고 수업 중에 알지 못했던 해민이를 새롭게 알게 되었다. 집에 걸어오면서 혼잣말을 했다. 해민이가 참 예쁜 학생이구나.

삼척의 아이들

1.

네다섯 명이 모둠을 이루어 한 권의 책을 읽는다. 책 읽기가 끝나면, 책에 대한 감상을 한 편의 글로 쓰고, 모둠 친구들과 협력해서 독서토론을 위한 질문을 네 개 정한다. 질문네 개에 대해 자신의 생각을 글로 정리하고, 모둠별 독서토론을 진행한다. 독서토론을 할 때 나는 이런 말을 한다.

"질문 네 개에 대해 의견 써 온 종이를 토론 중에 볼 수 없어요."

아이들은 난감한 표정이 된다. 곧 폰을 든다. 카메라로 자신의 생각을 써 온 종이를 찍어두려는 거다.

"토론 중에는 휴대폰도 볼 수 없어요."

"그러면 뭘 볼 수 있어요?"

"친구의 눈만 볼 수 있어요. 모둠장은 네 개 질문을 쓴 종이를 보고, 토론을 진행하세요. 써 온 종이를 보면서 토론하면 '말하기'가 아니라 '읽기'가 되기 쉬워요. 친구가 말을 하면 집중이 잘 되는데, 친구가 글을 읽으면 듣는 사람도 집중이 잘 안 되죠. 그렇지 않나요?"

"하긴 그래요." 하며 대부분의 아이들이 동의한다.

"펜으로 메모도 하지 말고, 책이나 써 온 종이를 보지도 말고, 한 시간 동안 친구의 눈을 보고 서로의 말을 경청하고 의견을 주고받으세요. 할 말은 이미 여러분 마음 안에 있어요. 정답이 있는 말하기가 아니니까 편하게 하세요."

이렇게 말은 하지만, 아이들이 완벽하게 내 말을 따르리라고는 생각하지 않는다. 내 말에 수긍할 수는 있지만 관건은 행동으로 옮겨야 하기 때문이다. 교사의 한마디 말에 교실의 학생 전원이 행동으로 따르기는 쉽지 않은 일이다.

삼척에서 내가 만난 학생들은, 대부분 행동으로 따른다. 독서토론 수업은 여섯 개 정도의 모둠으로 진행되는데 모든 아이들이 손에 펜을 쥐지도, 휴대폰을 보지도 않는다. 서로 눈만 보고 말하고 들으면서 생각을 주고받는다. 고개를 연신 끄덕끄덕하면서 이야기를 나누다가 한 학생이 울음을 터뜨린 적이 있다.

"친구들이 내 이야기에 공감해줘서 눈물이 났어요. 누군가가 내 이야기 이렇게 열심히 들어주는 거 처음이에요."

이 모습을 보고, 나는 조금 놀랐다. 내 말에 순응하는 모습에 놀란 것이 아니라, 모든 학생들이 교사인 나의 말을 귀 기울여 듣고 있었다는 사실에 놀란 것이다.

2.

성석제 작가의 단편소설 「황만근은 이렇게 말했다」가 2학년 문학 교과서에 실려 있다. 농부 황만근은 지능이 모자라

마을에서 반푼이 취급을 받는다. 동네 어린아이들에게도 놀림 받고, 잘 넘어지며, 말하는 발음도 정확하지 않다. 그럼에도 그는 어머니를 봉양하고 아들을 부양하면서 마을의 온갖 궂은일을 대가도 없이 도맡아 한다. 어느 날 황만근이 마을에서 사라진다. 마을 사람들은 궂은일을 하는 이가 사라지자 이내 불편을 느끼기 시작하고, 황만근은 결국 한 줌의 재가 되어 마을에 돌아온다는 내용이다.

고등학교 교육이 대학 진학을 위해 존재하다시피 하면서, 교과서의 문학 작품에 마음을 실어 읽는 학생들은 흔하지 않다. 대놓고 말하자면, 대부분의 고등학생은 교과서의 작품을 '문학 작품'으로 감상하지 않는다. 학교 정기고사에 출제될지도 모를 시험 지문, 시험 문제로 여긴다. 나도 익숙해졌다. 학생들이 교과서에 실린 시나 소설을 무미건조한 마음, 직장인으로 비유하자면 '업무 마인드'로 만나는 현실 말이다.

삼척의 아이들과 「황만근은 이렇게 말했다」를 배울 때의 일이다. 다소 긴 소설을 읽을 때, 나는 서너 명 정도의 모둠으로 학생들을 묶어준다. 묵독을 하든 음독을 하든 모둠 친구들과 중간중간 서로 질문도 하고 격려도 하면서 끝까지 읽으라는 뜻인데, 효과가 좋다. 국어 시간은 '읽는 것'이 가장 큰 공부이고 가장 기본을 이루는 공부다. 학생들이 텍스트를 읽는 일은 교사에게 쉬우면서도 어려운 일이다. 읽는 주체가 학생이니까 쉽지만, 모든 학생을 읽기에 참여하게 하고 완독하게 하려니 어렵다. 그럴 때 모둠을 묶어서 읽으면 완독하는 학생 비율이 높아진다.

「황만근은 이렇게 말했다」를 동시에 읽기 시작하지만, 글 후반부로 넘어가면 읽는 속도에 따라 완독하는 시간 차이가 난다. 읽는 속도가 좀 빠른 민이가 "아, 어떡해. 너무 불쌍해. 황만…" 여기까지 말하니까, 하늘이가 자기 손바닥으로 양쪽 귀를 꽉 막으면서 "야, 말하지 마. 나 아직 다 안 읽었단 말이야." 외쳤다.

결말이 궁금하지 않은 소설이나 영화는 누가 스포일러를 한다 해도 무덤덤할 거다. 스포일러를 적극적으로 거부할 때는 그 작품에 호기심이 있거나 그 작품을 무척 흥미롭게 감상 중이라는 뜻이다. 하늘이는 교과서에 실린 소설을 재미있게 읽고, 실종된 황만근 씨의 행방을 너무너무 궁금해하며 읽고 있는데, 민이가 결말을 말하려고 하니 자기 귀를 막으면서 듣기를 거부한 거다.

조세희 작가의 「난장이가 쏘아올린 작은 공」을 읽을 때도 그러했다. 아이들은 영희가 불쌍하다고, 난쟁이 가족이 불쌍하다고 몇 번씩 말하면서 읽었다. 왜 50년 전이나 지금이나 가난한 사람들의 고생은 여전하냐는 뾰족한 말도 덧붙이면서….

교과서에 실린 소설을 읽고 나면 나는 두 가지를 먼저 물어본다.

"애들아, 이 소설 읽을 만해?", "이 소설 어때, 재미있어?"

많은 아이들이 끄덕끄덕한다. 심지어 한국 전쟁을 배경으로 한 윤흥길의 「장마」도 아이들은 재미있게 읽었다. 전쟁에 나가 죽었는지 살았는지 모르는 아들이 구렁이가 되어 돌아오는, 요즘의 열여덟 살 아이들이 흥미롭게 읽기에는 시대상과 코드가 다른 소설이었다.

이 이야기를 다른 학교 국어 선생님에게 한 적이 있다. 그 선생님은 하하하 크게 웃으면서 "그 학교 애들 신기하네요. 요즘 재미난 게 얼마나 많은데, 「장마」를 재미있어하다니….' 했다.

3.

그러니까 마음이 살아 있는 거다. 타인(교사)의 말에 귀를 기울이고, 소설이 들려주는 말에 마음을 기울일 줄 아는 아이들이다.

고등학교 2학년 학생들이 수업 중 교사의 말에 전적으로 귀 기울이는 것은 쉽지 않다. 그들이 놓인 현실 때문인데, 한국의 열여덟 살 학생들이 공통적으로 처한 현실이기도 하다. 일단 이들은 지나치게 많은 말에 노출되어 있다. 하루 일곱 시간 학교 수업에서 교사의 '말', 이후 인터넷 강의에서 만나는 강사의 '말', 개인적인 과외나 학원에서 만나는 강사의 '말'. 이들이 하루에 듣는 '말'의 평균 시간을 따져보면, 열 시간은 족히 넘지 않을까. 지나치게 많은 언어에 노출된 이는 모든 언어에 귀 기울이지는 않는다. 귀 기울일 수 없다. 살아남기 위한 본능이다. 말에 질식당하지 않기 위해 상대의 말을 걸러 듣고, 성기게 언어를 받아들인다.

고등학생이 언어에 얼마큼 노출되어 있는가의 문제는 짐작하다시피 사교육의 문제다. '2021년 초·중·고 사교육비 조사 결과'를 보면, 고등학생이 사교육에 들이는 비용은 코로나19 이후 증가하고 있고, 사교육을 받지 않는 비율은 읍면 지역이 32.8퍼센트로 가장 높고, 광역시, 중소도시, 서울 순으로 나타난다고 한다.

삼척의 아이들이 수업 시간 중 교사의 말에, 교과서 소설의 말에 귀를 기울인다는 것은 지나치게 많은 언어에 노출되지 않은 아이들이 아직은 많다는 뜻 아닐까. 물론 대한민국의 고등학생이 처한 평균적 현실에 상대적으로 비교했을 때의 이야기다. 언어의 홍수에 떠밀려 가는 아이들이 아니어서 가질 수 있는 건강함이라 생각한다.

아이들의 마음이 살아 있는 또 하나의 이유는 지역의 규모다. 학교 독서토론 카페 주제도서가 이종철 작가의 『까대기』(보리, 2019)인 적이 있다. 아이들이 이 책을 읽고 글을 썼는데 유난히 여러 번 나오는 이야기가 있었다. "어릴 때부터 봐온 택배 기사님이어서….'였다. 집이나 동네에 오는 택배 기사님이 어릴 때부터 본 낯익은 분이어서 인사도 나누고 더울 때는 음료수도 드린다고 한 아이들이 여럿 있었다.

중소도시, 대도시의 삶을 떠올려보면, 삼척 아이들의 말이 특별하다는 것을 알 수 있다. 도시에서 살아가는 사람은 택배 기사의 얼굴을 궁금해하지도, 상상하지도 않는다. '택배 기사님'은 어릴 때부터 봐온 낯익은 동네 어른일 수 없는 거다. 조금 과장해 말하자면 도시의 택배 기사는 '얼굴 없는 존재'가 아닌가.

삼척의 아이들은 집 대문 열고 나가면 이런 말을 흔하게 듣지 않을까. "누구야, 학교 가니?", "누구야, 조심히 다녀.", "누구야, 엄마 아빠 요즘 별일 없지?" 익명성이 있을 수 없는 규모의 도시에서 살아가는 아이들의 마음은 날을 세우기 어렵다. 사나워지기 힘들다. 함부로 살기 어려운 거다. 동네 어른들의 '지나가는 말'이 죄다 아이들을 보살피는 마음일 테니까. 사람을 압도하지 않는 작은 규모의 도시가 한 사람의 영혼에 미치는 힘이다.

삼척에서도
잘 살기

요가와 만나기까지

나는, 잘하는 운동이 하나도 없고 좋아하는 운동도 없다. 학교 다닐 때 달리기를 하면 언제나 꼴찌였다. 초등학교 운동회 때는 기도를 했다. '아, 갑자기 배가 아프면 얼마나 좋을까. 배가 아파서 달리기를 안 할 수 있으면 정말 좋겠다.' 한 번도 배가 아프지 않아서 달리기에 빠지지 못했다. 전교생과 그 부모님들과 학교의 모든 선생님들이 지켜보는 앞에서 뛰었고, 항상 꼴찌로 들어왔다. 지금은 학교 체육대회 때 전교생을 출전시키는 무자비한 달리기 시합을 하지 않지만, 그때의 한국 교육은 인정사정없었다. 초등학교 6년 내내 꼴찌로 들어와야 하는 학생의 그늘진 마음 같은 건 아랑곳하지 않는 비정한 교육이었다.

운동회 달리기가 끝나면 기분이 좋지 않았다. 엄마가 싸 온 삶은 밤을 먹을 의욕을 상실했고, 사이다를 마실 욕심도 사라졌다. 물론, 모든 이가 내가 뛰는 모습을 보고 있지는 않았을 거다. 하지만 어린이의 마음은 세상 모든 사람 앞에서 내가 가장 못 달리는 사람이라는 것을 공개한 것과 다르지 않았다. 이때 엄마마저 "너는 누굴 닮아 그렇게 못 뛰니. 다리를 앞뒤로 부지런히 움직이면서 열심히 뛰어봐." 했더라면 나는 더 살지 않는 길을 택했을지도 모르겠다. 다행히 나의 엄마는 이렇게 말했다. "그까짓 달리기, 못해도 돼."

엄마는 나를 걱정한 것 아니었을까. 달리기를 하고 온 어린 딸의 얼굴에 드리워진 그늘을 보고 걱정스러운 마음에 한 말 아니었을까. 아니다. 어쩌면 엄마는 애저녁에 포기했던 거였는지 모른다. 격려하거나 지도한다고, 잘 달릴 수 있는 애가 아니야, 하고 말이다.

아무리 엄마는 그까짓 달리기 못해도 된다고 말했지만, 나는 '빨리 달리지 못하는 나' 때문에 괴로웠고 고등학교 때까지 체육 과목을 싫어했다. 실은 달리기만 못하는 게 아니었다. 공을 이용한 운동도 못했다. 라켓에 공을 맞혀야 하는 운동들, 그러니까 배드민턴, 탁구, 테니스 등은 내가 최선을 다해 정교하게 라켓을 휘둘러도 공이 내 라켓을 비껴갔다. 공을 잡거나 받아내야 하는 배구, 피구 종목도 공이 내 몸을 비껴가서 나는 헛손질과 헛발질만 일삼았다.

대학에 진학할 때 미치게 기뻤다. 이제 수업에서 '체육'이 사라지는구나. 야호, 난 이제 체육 없는 세상에서 살래. 막상 대학에 가니 '교양 체육'이 있었다. 이것보다 더 놀라운 일은 일 년에 한 번, 단과대학 체육대회라는 것을 했고 참여를 강요당한 거다.

어떻게든 체육대회 선수 출전을 피하려고 용을 썼지만, 어느 한 종목이라도 참여할 수밖에 없었다. 어쩔 수 없이 피구 선수로 출전한 적이 있다. 네모난 칸 안에 들어갔을 때는 공을 요리조리 피하거나 두 팔로 공을 힘껏 잡아야 한다. 나도 알고 있는 사실이지만 공이 내 앞으로 다가오는 순간, 나는 본능적으로 등을 돌렸다. 공을 잡지도 피하지도 못한 채 등으로 받아낸 거다. 경기를 시작하자마자 '죽는' 신세가 되었다.

네모난 칸 밖에 서 있을 때는 나에게 오는 공을 받아서 칸 안에 있는 적을 맞히거나 같은 편의 친구에게 공을 얼른 넘겨야 한다. 나도 잘 아는 요령이었다. 같은 편 친구들이 나를 향해 공을 넘기면 두 팔을 벌려 공을 잡으려 했는데, 내가 잡기도 전에 칸 안의 적이 펄쩍 뛰면서 공을 잡기도 하고, 내가 공을 잡았다 싶었는데 공이 내 머리 뒤 저쪽으로 떨어지기도 했다. 친구들은 나의 무능함을 번개같이 알아차리고는 외쳤다.

"야! 현숙이 빼고 공 돌려!"

대학을 졸업했다. 야호! 이제 교양 체육도, 체육대회도 없는 세상에서 살게 되었다. 해방을 외쳤다.

그해 4월, 스물세 살의 나는 강원도 H군의 H고등학교에 발령을 받았다. 기대와 달리, 나는 체육의 마수에서 벗어나지 못했다. 학생 체육대회 때, 학생과 교사가 함께 출전하는 종목이 있는 거다. 나는 어린 교사여서 사양하거나 거절할 수도 없이 당연히 선수로 참가했다. 계주 선수로 뛰게 되었다. 초등학교 6년 내내 달리기 꼴찌였던 내가 직장인이 된 마당에 계주 선수라니…. 운명의 장난이 심한 거 아닌가. 학생들 앞에서 최선을 다해 뛰면 망신스러운 상황이 펼쳐질 것이 분명했다. 나는 일부러 최선을 다하지 않는 것처럼 보이게 하고 최선을 다했다. 잘 뛸 수 있지만, 오늘은 빨리 뛰기 싫어. 오늘은 달리기를 할 컨디션이 아니네. 이런 뉘앙스랄까. 나의 작전은 어느 정도 성공했지만, 그날 이런 생각이 들었다. 세상 사는 게 왜 이리 어렵냐.

기절할 정도로 충격적인 일이 생겼다. 고등학교 정기고사 시험 기간은 사나흘이다. 이 기간에 학생들은 오전에 시험을 마치고 집에 간다. 시험 기간 중 하루는 오후에 교직원 체육대회를 한다는 거다. 스물세 살의 교사는 의사를 표현하지도 않았는데 이미 발야구 선수 명단에 떡 하니 들어가 있었다.

오십여 명의 교직원 앞에서 발야구를 해야 하는 절박한 상황에 처했다. 학생들 앞에서처럼 '나 오늘 운동할 컨디션이 아니야.' 할 수도 없었다. 나의 이성은 잘하고 싶었고 잘할 수 있었다. 시합이 시작되었다. 운동장에 섰을 때, 나는 굴러오는 공을 발로 힘껏 찼다. 공이 내 발을 비껴갔다. 수비를 볼 때 마음을 단단히 먹고 날아오는 공을 잡았다. 잡고 말 거야. 공은 내 품을 벗어나 저쪽 땅에 뚝 떨어졌다.

뭐 어쩔 수 없어. 될 대로 되라.

사람이 인생을 포기하는 데에 오랜 시간이 필요하지 않다는 것을, 그때 깨달았다.

발야구가 끝나고 어깨를 옹송그리며 허리를 구부정하게 한 채 관중석으로 조용히 들어와 앉았다. 제발 아무도 내게 말을 걸지 않았으면, 아무도 나를 쳐다보지 않았으면, 간절하게 기도했다. 종교 없는 내가 기도한 부작용이었을까. 선배 교사들이 일제히 나를 쳐다보고 웃고 있었다.

"근데 교장 선생님이 그렇게 크게 웃는 거, 우리 처음 봤어. 손뼉을 치면서 웃더라. 서 선생이 발야구 하는 거 보고…."

당시 교장 선생님은 무표정하고 무뚝뚝한 사람이었다. 늘

뒷짐 지고 다니고, 교사들의 실수를 찾기 위해 혈안이 된 사람처럼 쓸데없이 엄하고 뻣뻣한 사람이었다. 나도 교장 선생님이 웃는 모습을 본 적이 없었다. 그런 사람을 내가 웃게 했다니!

이때부터 나는 인생관, 특히 체육을 바라보는 관점을 바꿨다. 나만의 스포츠 철학을 정립했다.

그래, 내가 가끔 발야구를 할 수도 있어. 하기도 해. 내가 발야구를 하는 이유는 단 하나야. 남 웃기려고 작정했을 때.

이런 내가, 태어난 지 45년 만에 처음으로 좋아하는 운동이 생겼다. 바로 요가.

나의 몸이 기억하고 있으니 괜찮아

요가를 시작한 이유는 몸이 붓고 아파서였다. 가만히 앉아 있어도 어깨가 콕콕 쑤시고 크게 무리하지 않아도 몸이 부었다. 춘천 동네 골목을 걷다가 우연히 요가 학원을 보았고 들어가 문의를 하다가 등록을 해버렸다. 요가 선생님의 동작을 잘 따라 하지 못하면서도 학원에 계속 가게 되었다. 요가를 하면서 몸이 건강해지는 느낌도 좋았지만 마음의 위안도 얻었다.

50분 동안 선생님을 따라 열심히 몸을 움직이다 보면 땀이 흐르다가 요가 매트 위에 뚝뚝 떨어질 때가 있다. 내가 요가를 잘해서 땀이 흐르는 것은 결코 아니다. 동작에 능숙한 사람도 어설픈 사람도 움직이면 땀은 똑같이 난다. 마치 사방에 피를 튀기며 싸우는 무협 영화의 주인공처럼, 사방에 땀을 튀기면서 운동하는 기분은 뿌듯하다. 내가 제법 멋있는 사람으로 여겨진다.

열심히 운동한 나에게 주어지는 보상이 있다. 50분 운동 뒤에 이어지는 '사바아사나' 자세다. '시체 자세'라 부르기도 하는데 온몸의 긴장을 이완하고 매트 위에 다리와 팔을 쭉 펴고 누워 있는 자세다. 50분이 몸에 힘을 주는 시간이라면, 사바아사나를 하는 10분은 온몸에 힘을 빼는 시간이다. 요가 선생님은 조명을 전부 끄고 음악을 튼다.

이때 드문 일이 찾아왔다. 4년째 갈팡질팡 요가를 하는 나에게 찾아온 경험이었다. 온몸에 긴장을 풀고 어둠 속에 누워 있는데, 음악이 몸으로 들렸다. 음악 소리가 허벅지에 팔에 가슴에 후두두 떨어져 피부로 스몄다. 소리가 피부로 스미다니. 이럴 수 있어? 오스스 전율이 일었다.

그때 수련장에 흐른 음악은 영화 '콜 미 바이 유어 네임'의 OST '미스터리 오브 러브'였다. 요가 학원에서 집으로 돌아오자마자, 부리나케 이 음악을 틀고 거실 바닥에 큰대자로 누웠다. 이번에도 음악 소리가 피부에 떨어질까. 이 음악이 괴이한 건가. 음악이 끝나도록 누워 있었지만, 소리는 귀로만 들렸다. 내 피부는 음악을 듣지 못했다.

그날 이후, 요가 학원에 갈 때마다 기다렸다. 음악 소리가 몸 위에 후두두 떨어지기를, 몸에 스미기를 말이다. 그런 시간은 찾아오지 않았다. 쉽게 오지 않는 귀한 시간이었다.

고등학교 때 친구 정화에게 나의 기이한 체험을 말했다. 정화도 요가를 하고 있어서 나와 비슷한 경험을 하지는 않았는지 궁금했다. 내가 경험한 상태가 일종의 환각 상태였던 것 같다고, 정화는 말했다. 몰입해서 요가를 한 후 몸의 신경과 감각이 열려, 긍정적인 의미의 환각 상태를 경험한 것 같다는, 추측에 가까운 주관적인 분석을 해주었다.

그 시간의 정체가 무엇이었든 극도로 좋은 시간이었다. '좋은 시간'을 또 맞이하고 싶어서 그 시간을 기다리느라 한동안 애를 태웠지만, 극도로 좋았던 시간이 다시 오지 않는다 해도 괜찮다. 인생에서 그런 시간이 존재했다는 것만으로 멋지다. 오스스 전율이 일었던 내 몸을 내가 기억하고 있으니까.

'나'라는 낯설고 이상한 요가 회원

'요가 학원'이라는 이름은 같지만, 뚜껑을 열고 들여다보면 요가의 양상은 천차만별이다. 요가의 종류가 그만큼 많다고 한다. 요가의 종류만큼이나 요가 학원의 분위기도 다양한 듯하다.

내가 춘천에서 다니는 요가 학원은 한 시간 동안 요가 자체에 오롯이 집중한다. 한 시간 동안 어떤 것도 끼어들지 못한다. 집중력을 흐트러뜨리는 말이나 웃음, 물을 마시는 시간도 없이 다 같이 운동을 진지하게 한다. 이런 분위기를 나는 좋아한다. 한 시간 동안 세상의 잡념과 옆에 누가 있는지도 잊는 시간, 다른 차원의 세계에 여행 다녀오는 기분이다. 삼척의 요가 학원은 한 시간이 몇 개의 마디로 나눠진다. 선생님의 성격이 명랑하고 밝아서 중간중간 웃음이 포인트처럼 콕콕 박혀 있다.

삼척이 춘천에 비해 지역 사회 규모가 작다 보니, 요가 학원 회원들은 서로 아는 관계인 듯한 사람들이 많다. 그래서일까. 춘천 요가 학원은 운동 시작 전 각자 몸을 푸는데, 삼척 요가 학원은 관계를 푼다. 생활 정보를 나누고 웃음도 나누고, 서로 친근한 인사를 하면서 분위기를 푼다.

여기서 나는 '아싸'다. 관계를 풀 정도로 알고 지내는 사람이 없다. 요가 학원에서 관계를 맺고 싶은 마음도 없다. 요가 학원에 가는 것은 내 몸을 돌보기 위한 것이지, 타인을 사귀러 가는 것이 아닌 까닭이다. 저녁 시간에 요가를 가기 전, 나는 하루 종일 직장에서 여러 인간 관계 속에 있었다. 내 직업은 '말'이 중심을 이루는 일이다. 그러니 저녁 시간에는 사교 활동을 하고 싶지 않다. 사교를 위한 말을 하고 싶지 않은 심리적, 신체적 상태가 된다. 내가 삼척 요가 학원에서 스스로 '아싸', 남 보기에 '왕따'인 사연이다.

삼척의 요가 학원은 상대적으로 사람 사이의 '정'을 중시 여긴다. 낯선 경험이 몇 번 있었다. 추석 때, 요가 학원 원장님이 나를 포함한 회원들에게 명절 선물을 줘서 조금 놀랐다. 스승의 날에 나를 제외한 회원들이 회비를 걷어서 요가 원장님 파티를 해줘서 또 조금 놀랐다. 고마운 마음에 선물을 하는 것은 아름다운 일이지만, 낯선 문화였다.

회원들의 관계는 언니와 동생으로 시원스럽게 정리된다. 어떤 회원이 나에게 "언니, 이렇게 하세요." 하는데 낯설었다. 학교나 어린 시절 동네에서 만난 사이도 아닌데 신속하게 언니와 동생 관계로 정리되는 문화가 익숙하지 않다.

삼척 요가 학원 회원들이 보기에 '나'라는 회원도 낯설고 이상하지 않을까. 요가 학원 문화에 정답이 있지 않고, 낯설다는 생각 또한 지극히 상대적인 것이니 말이다. '저 언니, 생전 시원스럽게 말을 하길 하나. 우리 대화에 동참하기를 하나. 미리 오면 혼자 어설픈 자세로 스트레칭만 해대고. 사회성 떨어지는 저 언니, 진짜 낯설단 말이야.' 이럴지도 모를 일이다.

짜증 잘 내는 요가인

나는 짜증을 잘 내는 사람이다. 젊을 때보다 나아졌지만, 지금도 남에 비해 짜증을 잘 내는 편이다. 못돼 먹은 성질이지만 내다버릴 수도 없다. 한번은 같이 근무하던 허보영 선생님에게 하소연을 했다. "보영 샘, 다른 사람들은 요가를 일 년만 하고도 마음의 평화를 찾는다는데, 나는 3년을 해도 왜 마음이 맨날 요동칠까요?" 허보영 선생님의 답은 간단하고 명료했다. "선생님, 요가 몇 년 해서 그나마 나아진 거 아녜요?" 나를 아는 친구여서 해줄 수 있는 정확하고 시원한 답변이었다.

4년째 요가를 하다 보니, 요가 도중 내가 어떨 때 짜증이 나는지 알게 되었다. 우선 연이은 과식으로 몸이 무겁고 둔할 때다. 이럴 때는 동작이 잘 안 된다. 내 몸인데 몸이 내 마음대로 움직이지 않으니 열심히 할 수 없고 열심히 하기도 싫어진다. 그러니 짜증이 밀려온다. 요가 학원은 벽 한 면 전체가 거울로 되어 있는데, 내 몸의 두툼함, 두루뭉술함, 접힌

배, 둔한 허리를 거울로 확인하게 되니, 기분이 안 좋을 수밖에 없다.

학교에서 교사로 일하는 사람들은 '학기 말 증상'이 있다. 어떤 직업이든 그 직업의 특수성으로 인한 일의 공통적인 리듬이 있으리라 생각한다. 나의 경우, 여름방학이나 겨울방학이 다가오면 학교에 가기 싫은 병이 재발하고, 몸과 마음이 무척 지친다. '교사'는 학기 단위로 충전과 방전을 반복하는 직업군인 것 같다. 학기 말이 다가오면 몸과 마음을 어떻게 달래볼 수도 없게 지친다. 피곤하다. 식욕이 엄청나게 많아진다. 살아남고 말겠다는 생존 본능처럼 먹어대지만, 희한한 것은 먹어도 먹어도 아니, 먹으면 먹을수록 기운이 나지 않는다.

이럴 때는 요가 학원에 가기도 싫다. 가더라도 기운이 없다. 이렇게 기운이 없는데 무슨 운동이야. 내 인생에서 이제 요가는 끝났나 봐. 회의와 조금의 절망이 밀려온다.

삼척 요가 학원에서 원장님께 종종 개인 지도를 받는다. 뒤틀린 몸의 균형을 다듬고 근력을 키우는 운동을 한다. 내 몸의 상태에 맞춰서 원장님이 적절한 운동을 처방하기 때문에 만족스럽다.

"선생님, 주말에 운전을 많이 했더니 뒷목과 어깨가 팽팽하게 당겨지는 것 같아요. 어깨가 콕콕 쑤셔요."

"선생님, 수업을 많이 했더니 다리가 퉁퉁 부었어요."

이런 하소연과 엄살에 맞게, 선생님이 지도를 한다. 운동 끝나고 학원을 나설 때는 몸이 가뿐하고 기분도 좋아진다. 거울을 보면 얼굴이 훤해져 있고 표정도 밝아진 것 같다. 원 장님 말로는 운동하면 몸의 순환이 잘 되니까 그런 거라고, 느낌이 아니라 사실이라고 한다.

이 좋은 운동도 학기 말 증후군을 당해낼 수는 없다. 여름 방학 직전 요가 학원에 갔는데, 내가 예전에 어떻게 몸에 힘 을 줬더라 싶게 기운이 없었다. 그날은 원장님이 플라잉 요 가로 지도하면서 지난 시간에 배운 동작을 해보라는데 기억 이 안 났다. 선생님이 웃으면서 "바로 이틀 전에 배웠는데, 이렇게 다 잊어버리면 어떻게 해요?" 했다.

"선생님, 하루 종일 일하다 보면 운동 배운 건 잊어먹게 마련이에요. 늘 처음인 듯 가르쳐주세요."

이런, 정말 건방진 수련생 아닌가. 선생님이 이어 동작을 시범 보이면서 "이렇게 해보세요." 하는데, 그 동작을 하려 니 기운도 없고 하기도 싫어서 아예 안 했다.

"아예 시도도 안 하실 거예요?"

"오늘은 기운이 하나도 없어요. 선생님."

기운이 없는 수련생치고는 어조에 짜증의 기운이 넘쳤다. 그러고는 곧 방학을 했고, 이후 한 달 동안 삼척 요가 학원에 가지 못했다. 방학 내내, 몇 번 삼척 요가 학원과 원장님 생각을 했는데, 그때마다 미안한 마음이 들었다. 짜증이 잔뜩 묻었던 내 말투 때문이었다.

개학하고, 다시 삼척 요가 선생님께 지도를 받았다. 선생님이 슬쩍 웃으면서 이렇게 말했다.

"할 수 있는 만큼만 하면 되어요. 정 짜증 나시면 조금만 하셔도 되고요."

아, 선생님도 기억하고 있구나. 다시 미안해졌지만 한참 지난 이야기를 꺼내자니 더 멋쩍어서 모른 척했다.

몸에 남은 힘이 있어야 운동도 할 수 있다. 직장에서 모든 에너지를 다 쓰면 운동을 할 에너지는 없다. 또 내 에너지를 초과해서 일한 후 운동을 하는 것은 불가능하다. 나의 경험으로는 그렇다. 내 몸이 지쳐서 음식을 달라 요구하고 운동을 하기 싫다 아우성칠 때가 또 오겠지. 그런 시기가 오더라도 무너지지 않을 수 있는 근기根氣를 키울 수 있을까.

이런 날도 요가 저런 날도 요가

누가 "요가한 지 얼마나 됐어요?" 물으면 "그냥 좀 됐어요." 해버린다. 스스로 생각할 때, 숙련도와 몸이 4년째라고 차마 말할 수 없는 상태다. 운동 4년 차에 접어들었지만 가끔 인바디로 체지방을 측정하면 여전히 복부 비만이다. 거울을 봐도 복근은커녕 둥그스름하다. 코어의 힘 따위를 언급할 수 없는 배다. 배에 힘을 주고 몸을 꼿꼿하게 세우고 있을 때보다 힘을 뺀 채 배를 쑥 내밀고 어깨와 등을 구부정하게 하고 있을 때가 솔직히 더 편하다.

요가 4년 차지만 여전히 못하는 동작들이 있다. 사실은 많다. 다운덕 자세에서 한 발을 손 사이로 가져오는 런지 자세, 코브라 자세, 플랭크에서 몸을 수평을 유지한 채 아래로 내려가는 것, 이런 동작을 지금도 못한다. 머리가 뒤로 넘어가는 것에 공포가 있어서, 남들이 머리를 뒤로 잘도 넘길 때, 나는 멀뚱하게 남이 하는 걸 쳐다본다. 그렇다고 죽을 힘을 다해 노력해서, 이런 자세를 완성하고 싶은 욕심도 없다.

도대체 나는 왜 요가를 하는 거지.

요가를 하는 것은 살아가는 일과 비슷하다. 50년째 살고 있다 해서, 20년째 살고 있는 사람보다 능숙한가. 더 잘 걷고, 더 잘 뛰는가. 더 음식을 잘 만들고 더 식물을 잘 돌보는가. 자기를 더 잘 절제하고, 타인과 더 원만하게 지내는가.

그렇지 않다. 부분적으로 더 능숙하거나 성숙한 면도 있겠지만, 일반화할 수는 없다. 50년 살았으니, 당연히 그러해야 한다고 말할 수 없다.

몇십 년을 살았든, 누구에게나 '오늘'은 처음이다. 오늘을 처음 사는 인간은 날마다 어설프고 조금씩 헤맨다. 어제는 하늘이 파랗고 아침에 매만진 머리도 마음에 들고, 아침에 입고 나온 옷도 나에게 어울렸다. 하는 일마다 매끄럽게 되어서 기분도 좋았다. 신체 컨디션도 상쾌했다. 오늘은 비가 추적추적 내리는 데다가 머리는 푸시시하고, 기온에 못 맞춘 옷은 썰렁해서 으실으실하다. 하는 일마다 삐그덕거리고 몸도 찌뿌드드하다.

아, 내가 50년째 살고 있는데 삶의 능력이 왜 지속적으로 향상되지 않는 거지? 왜 계속 앞으로 나아가지 못하는 거지? 살수록 사는 일에 점점 더 능숙해져야 '나잇값' 하는 거 아니야? 어디 가서 50년째 살고 있는 중이라는 말을 꺼내지도 못하겠는걸.

이런 생각은 말도 안 되는 이야기라는 것을, 잘 알고 있다. 나에게는 요가를 하는 일이 이와 같다. 실력이 직선으로 상승하지 않는다. 어떤 날은 기분 좋게 운동이 잘 되지만 어떤 날은 이유도 모르게 기운이 없어 움직이기도 싫다. 어쩌면 앞으로 5년 더 요가를 하더라도 코브라를, 플랭크를, 런지를 제대로 못할지도 모른다. 나는 그러고도 남을 사람이다.

그래도 괜찮지 않을까. 하루 내내 의자에 앉아 일하느라 구겨진 몸을, 컴퓨터와 폰에 매달려 있느라 앞으로 쭉 빠진목을, 서서 수업하느라 부은 다리를, 요가가 펴주고, 제자리로 돌려보내고 순환을 돕는다. 요가가 내 삶에서 이 정도의 역할을 하면 충분하지 않을까.

앞으로도 쭉, 어설픈 요가인으로 살려고 한다. 50년째 살아왔지만, '오늘의 삶'에 늘 어설픈 나와 어울리는 요가인의 자세다. 이런 날에도 저런 날에도 나는 요가 학원에 가려고 노력한다. 요가를 끝내고 집에 돌아올 때 날아갈 듯 가뿐한 날도 땅에 붙을 듯 몸이 처지는 날도 그저 간다. 짜증을 내며 몸을 움직이지 않을지언정 말이다. 이래도 저래도, 살아가는 일을 중단할 수 없는 것처럼 말이다. 역시 요가를 하는 일은 인생을 사는 일이다.

소년을 읽다

이후

특별한 초대, 안양소년원

『소년을 읽다』(사계절, 2021)가 세상에 나온 후, 고맙고 과분하게 여러 독자들의 초대를 받았다. 그중엔 부담스러운, 사실은 부끄러운 초대도 있었다. 안양소년원의 초대였다. 안양소년원의 교사와 학생들, 법무부 직원들이 함께하는 북 콘서트에 초대받은 거였다.

일 년 동안 소년원에서 수업을 하기는 했지만 일주일에 하루 소년원을 방문했을 뿐이었고, 두세 시간의 수업을 마치면 부리나케 소년원 밖으로 나와야 하는 처지였다. 학교의 교사라면 여러 장면에서 학생들과 마주치게 마련이다. 수업 외에도 복도에서 오가며 학생과 인사를 하고, 친구들과 갈등이 생긴 학생을 지도하기도 하고, 개인적인 상담을 하기도,

또 학교 식당에서 식사를 하며 마주치기도 한다. 이렇게 다양한 장면에서의 만남이 쌓이면서 관계가 돈독해지고 관계의 빛깔이 생긴다.

나는 수업 시간에 교실에서 학생들을 만난 것이 전부였다. 특수한 만남이었고 한계가 이미 정해진 만남이었다. 여타의 것들이 제거된, 마치 진공 상태 같은 상황에서 이루어진 수업이었다. 교사가 학생과 행하는 많은 활동과 교류 중 오직 수업만 가능한 관계였다.

안양소년원의 초대를 부담스럽게 여긴 이유는, 그곳에서 일하고 있는 교직원들을 향한 '부끄러움'과 '미안함'이었다. 그분들은 소년원 학생들과 전면적인 희로애락을 겪는 이들이다. 사회에서 많은 문제를 일으키고 소년원에 들어온 학생들을 지도하느라 고생하는 분들에게 일주일에 딱 한 번, 수업으로만 학생들을 만난 나의 이야기를 보여드리는 것은 민망한 일이다. 사회를 향해 소년원 학생들에 대하여 하고 싶은 말은 그분들이 더 많을 텐데, 일 년 동안 소년원의 내부와 외부에 발을 걸쳤던 내가 많은 말을 쏟아낸 것이 미안했다.

초대가 부담스러운 또 하나의 이유는 안양소년원에 있는 학생들이었다. 『소년을 읽다』가 '임자'를 제대로 만난 기분이었다. 학생들이 『소년을 읽다』를 읽으면서 마음 불편한 부분이 있을까 봐, 그들을 얕게 이해한 이야기가 있을까 봐, 그래서 내게 날카롭고 못마땅한 말을 할까 봐, 두려웠다.

솔직히 만나고 싶지 않았다. 원거리와 내가 근무하는 학교의 일정을 핑계 삼아 요리조리 초대를 피하려 했지만 우여곡절 끝에 초대에 응하게 되었다. 설레는 마음보다 걱정과 두려운 마음으로 안양소년원에 갔다.

우리가 만난 공간은 소년원 내 바리스타 교육장이었다. 공간의 실내 분위기, 조명, 테이블이 '카페'라 해도 무방할 정도였다. 편안하고 아늑한 곳이었다. 학생, 소년원 교직원, 법무부 직원 모두 합해서 스무 명 정도 참여한 아담한 규모의 자리였다. 학생들은 교복을 반듯하게 입었다. 행사를 진행하는 선생님은 유쾌한 분위기를 만들었고, 바리스타 교육을 받은 학생들이 차와 다과를 다양하게 준비했다. 이 자리를 위해 시간과 정성을 들였구나 알 수 있었다.

"어느 학생이 가장 기억에 남으세요?"

『소년을 읽다』를 읽은 대부분의 어른 독자들은 이렇게 묻는다. 나는 "두루 다 기억이 나죠 뭐." 둘러댈 때가 많다. 유난히 기억에 남는 학생들이 있기는 하지만, 대화의 소재로 삼는 것을 썩 좋아하지는 않았다. 나의 시큰둥한 반응에서 '나의 마음'을 알게 되었다. 나는, 어느 한 명에 대한 기억보다 '소년들'을 기억하는 전반적인 온도와 색을 더 무게 있게 여기고 있다는 것을 말이다.

안양소년원 여학생들은 이렇게 말했다.

"선생님이 가장 아끼는 학생은 강준 학생이었잖아요."

망설임이나 추측 없는 말, 투명한 말이 공처럼 통통 튀어 내게 굴러왔다. 예상하지 못했던 '기습'이어서 웃음이 나왔다. 당돌함이 발랄하고 예뻤다.

"선생님, 강준 학생이 나중에라도 연락했나요?"

"아니! 연락 없었어요. 궁금한 게 있는데, 안양소년원 학생들에게 물어봐야겠네. 소년원에서 수업하던 학생들 중 나중에 연락하겠다고 매번 다짐하던 학생은 연락이 없더라고요. 왜 그런 걸까요?"

"그건 그 학생이 잘 살고 있기 때문이에요."

"정말? 왜?"

"너무 즐겁게 그리고 열심히 살다 보니까, 소년원에서의 시간을 잊는 거죠. 떠올릴 겨를이 없는 거예요."

"아! 그렇구나. 그러면 강준이도 잘 살고 있는 거예요?"

"그럼요! 그때, 강준 학생이 인사도 없이 가서, 작가님 서운하셨죠? 그래서 제가 작가님께 들려드리고 싶은 노래를 연습해 왔어요. 불러도 될까요?"

어느 차가웁던 겨울날 작은 방에 모여

부르던 그 노랜 이젠

기억 속에 묻혀진 작은 노래 됐지만

우리들 맘엔 영원히

안녕은 영원한 헤어짐은 아니겠지요

다시 만나기 위한 약속일 거야 함께했던 시간은

이젠 추억으로 남기고

서로 가야 할 길 찾아서 떠나야 해요

– 이젠 안녕, 015B

현은 학생*이었다. 현은 학생은 책의 많은 장면, 많은 말 중에서 강준이가 인사 없이 떠난 부분에 마음이 머물렀다. 그때 눈물 주르륵 흘렸던 내가 마음에 걸렸나 보다. 나를 위해 노래를 불러주었다. 풀리지 않는 궁금증에 대한 답을 얻었고 위안을 받았다. 현은이는 마치 강준이에게 답을 듣고 와서 나에게 전해주는 것처럼 자신 있게 말했다. 즐겁게, 열심히, 잘, 살고 있기 때문에 소년원에서의 시절과 그때 만났던 사람을 떠올릴 겨를이 없는 거라고 말이다. 뜻하지 않은 곳에서 만난 뜻밖의 사람이 내 마음의 응어리를 어루만져주었다.

안양소년원 선생님은 이런 말을 하였다.

"학생이 소년원에서 집으로 갈 때, 같이 공부하던 친구들이나 선생님과 작별 인사를 하게 해야 마땅한데, 그게 예의인데… 아휴, 강준이가 집에 가던 날 인사도 없이 갔으니,

---

★   안양소년원 학생들의 이름은 모두 가명이다.

얼마나 서운하셨을까. 제가 대신 사과드려요. 지금이라도 서운한 마음은 좀 푸시고….”

“아, 그건… 책에서도 언급했듯이 왜 인사 없이 갔는지 저도 몰라요. 제가 오해한 부분이 있을지도 모르고요.”

‘몸 둘 바를 모른다’는 말을 써야 하는 순간이 있다. 그날 미안했으니 이제라도 마음을 풀라는 안양소년원 선생님의 말에 나는 몸 둘 바를 몰랐다. 책의 내용에 대해 ‘미안하다’는 말을 다른 이에게 듣게 되리라고는 생각지 못했던 까닭이다.

묘한 기분, 익숙하지 않은 느낌이었다. 책이 출간된 이후, 『소년을 읽다』 독자들과 몇 번 만난 적이 있었는데, 이런 묘한 기분은 처음이었다. 뭘까. 이 낯섦의 정체는 무엇일까.

“책 중간중간에 나오는 소년들이 쓴 편지 내용이, 다 여기(소년원)에서 제가 쓴 편지 같았어요.”

“소년원에 있는 우리의 마음을 작가님이 대변해주는 것 같았어요.”

“저도 서현숙 작가님의 국어 수업을 받는 기분이었어요.”

학생들이 들려준 말을 듣고 난 뒤에야 알았다. 묘한 기분의 연유緣由. 그건 여기에 있는 이들이 『소년을 읽다』를 다른 공간의 이야기로 여기지 않아서였다. 남의 이야기로 받아들이지 않은 까닭이었다. 안양소년원에 여행을 간 『소년을 읽

191

다』는 '여기의 이야기'가 되고 말았다. 타인의 이야기가 아니라 '나의 이야기', '우리의 이야기'가 되었다. 그래서 현은이는 나를 위로했고, 소년원 선생님은 나에게 미안하다고 했다. 또 학생들은 이 책이 자기들의 마음을 대변해주는 것 같다고 여겼다.

내가 쓴 책이 나와 별도로 독립된 존재가 되는 듯했다. 내가 생각하는 범주, 내가 상상하는 공간, 내가 만나는 사람들, 이런 것들의 울타리를 이 책은 훌쩍 뛰어넘어 달아나버렸다. 그러니까『소년을 읽다』가 이제 더 이상 '내 것'이 아니게 되었음을, 자기만의 여행을 시작했음을 비로소 알아차렸다. 낯설고도 홀가분하였다.

우리는 기념사진을 찍었다. 적당히 먼 거리에 앉았던 학생들이 사진을 찍기 위해 내 옆으로 다가왔다. 시연 학생은 공책에 빼곡하게 쓴 글씨를 내 코앞에 들이밀면서 "선생님, 저는 다단계 독서 동아리*가 너무 마음에 들었어요. 저도 해보고 싶어서 이렇게 정리해서 적어봤어요." 하면서 내 눈을 바라보는데, 나는 정말 놀랐다. 활짝 열린 눈이었다. 상대방을 향해 가식도 경계도 없이 활짝 열린…. 그런 눈을 본 적이

★　『소년을 읽다』에 나오는 독서 동아리 활동의 별칭이다. 수업에 참여한 학생이 자신이 생활하는 방의 친구들과 책을 읽고 책대화를 하는 특성 때문에 붙인 이름이다.

있던가. 기억나지 않았다. 우리는 어떨 때, 어떤 사람을 바라볼 때, 그렇게 눈을 활짝 여는가. 활짝 열 수는 있는가. 시연이의 눈빛이 커지고 커져서 내 가슴을 채운 채로 나는 소년원을 나섰다.

답장을 하지 않았다

종종 궁금했다. 2019년에 나와 국어 공부를 했던 학생들은 『소년을 읽다』를 알고 있을까. 읽어봤을까. 읽었다면 어떤 생각을 했을까. 그 시간을 학생들은 어떻게 기억하고 있을까. 기억이나 하고 있을까. '당시'를 함께했더라도 시간이 지나면 각자 그 시간을 기억하는 모습이 다르고, 개인의 감정과 처지에 따라 그 시간은 편집되어 기억하기 마련이니까.

2021년 1월, 『소년을 읽다』가 세상에 나오고, 석 달 정도 지났을 때였다. 봄날 아침 시간이었다. 휴대폰으로 전화가 왔다.

"서현숙 선생님이시죠? 저 ○○소년원 상담교사예요. 기억나세요?"

"아, 선생님. 안녕하세요? 잘 지내셨어요?"

소년원에 수업하러 갔을 때 몇 번 만났던 선생님이었다.

수업 참관 담당으로 들어온 적도 있었는데, 아이들이 읽는 책에 관심을 보이던 분이었다. 학교에서 교사들이 자신이 만나는 학생들을 예뻐하듯이, 상담 선생님은 소년원 학생들을 예뻐했다. "이야기 나눠보면 나쁜 아이들은 없어요.", "어머, 예쁜 학생들은 모두 서현숙 선생님 수업에 오네요." 이런 말로 애정을 표현하고는 했다.

"현*이 기억나세요?"

그해에, 현이라는 이름을 가진 학생이 두 명이었다. 순간 어느 현이인지 헷갈렸다.

"현이가 다시 소년원에 와서 10개월 정도 있다가, 이제 집에 갈 때가 되었어요. 큰 잘못은 아닌데, 지난번에 소년원에 왔던 것 때문에 가중 처벌 되어서 10호 처분을 받았었어요. 이번엔 정말 반성하고, 완전 모범생으로 진짜 생활 잘했어요."

내 몸의 이상한 반응은 이때부터 시작되었다. 눈물이 쏟아졌다.

"제가 현이에게 『소년을 읽다』를 빌려주었어요. 다음 날 현이가 책을 돌려주면서 그러더라고요. 두 번 읽었다고요. 책에 나오는 ○○이가 자기 같다고 하면서요."

"아, 정말요?"

★   학생 이름은 가명이다.

"자기가 했던 말을 선생님이 어떻게 다 기억하고 썼는지 신기하다고 하면서, 그때 너무 즐거웠대요. 서현숙 선생님이, 자기가 여기 다시 온 거 알면 실망할 것 같대요. 책 두 번 읽고 편지를 써 왔어요. 선생님에게 보내고 싶대요. 그런데 선생님이 자기를 기억 못 할까 봐 걱정하더라고요."

"아…."

"주소를 알려주실 수 있나요?"

"그럼요. 물론이죠. 그런데 갑자기 눈물이 너무 나네요."

"그때 있었던 아이들이 선생님 이야기를 진짜 많이 했어요. 아이들이 정말 즐거워했고, 선생님이 주신 마음을 다 알았어요. 소년원 아이들도 그런 거 귀신같이 알아요."

"아이고…. 뭐라 말해야 할지 모르겠네요."

"소년원에서 나가 집에 간 이후에도 제가 연락하면, 그때 아이들이 선생님 안부를 꼭 물어요. 아마, 선생님을 못 잊을 거예요."

주소를 알려주고 전화를 끊고, 한참 울었다. 왜 눈물이 나는지 알 수 없었다. 현이가 다시 소년원에 가서 마음이 아픈 건지, 아이들이 보잘것없는 수업과 별 볼일 없는 교사와 함께했던 시간을 고맙게도 기억해서인지, 도통 알 수 없었는데 그냥 눈물이 계속 났다.

'바깥세상'에서 골칫덩어리, '나쁜 놈'이었을 소년원의 아이들은, 내가 만났을 때는 마음이 이미 약해진 상태였다. 극악무도한 이가 아니라면 재판 받고 소년원에 들어와 있는 상황에 처하면, 마음의 기가 한풀 꺾이기 마련이다. 가족이나 친구와 떨어져 갇혀 있고, 이동의 자유도 통신의 자유도 없는 데다가, 이 사회에서 자신은 이미 낙인찍힌 존재라고 생각하기 때문이다. 자기 인생이 끝났다고 절망하기 때문이다.

나의 마음이 약해져 있을 때, 헤지고 너덜너덜해서 기울 기운조차 없을 때, 세상에 내 편 하나 없는 것 같을 때, 세상에서 내가 제일 바보 같을 때, 학교 도서관 구석 자리에 앉아 시를 읽었다. 그런 시간이 내게 있었다. 마음이 의기양양할 때는 시가 마음에 잘 들어오지 않았다. 마음이 무언가에 진 것 같을 때, 가슴을 펼 힘도 없을 때, 온몸의 상처를 연고도 밴드도 없이 댓바람에 내놓은 듯 시릴 때, 시의 말이, 책의 활자가 비로소 마음으로 총총 걸어 들어왔다.

현이는 그렇게 기억하고 있지 않을까. 그때, 세상에 내 편 하나 없는 것 같았어. 내 인생이 바닥에 떨어진 것 같았어. 그렇게 마음 약해져 있을 때 읽었던 책들이 이상하게 재미있었어. 걱정을 다 잊고 읽었어. 그 책이, 나에게 힘내서 살라고 말해주는 것 같았어. 특히 그 책의 작가님들이 우리를 만나러 왔던 시간이 정말 근사했어. 나를 응원하는 어른을 만난 것 같았어.

이것이, 며칠 뒤 도착한 현이의 편지에 답장하지 않은 이유다.

당시의 나와 학생들, 우리가 함께했던 시간은, 그러니까 우리 존재의 특성은 다른 시간으로 이어질 수 없다는 거였다. 그 시간은 과거의 시간에 오롯하게 담겨 있고 어쩌면 갇혀 있다. 고민 끝에 '다시 소년원에 갇힌 현이에게 내가 해줄 수 있는 일은 없다'고 생각했다. 말만으로 끝날 적당한 '말'을 해줄 수는 있겠지만, 그 말은 발화되는 동시에 힘이 없어질 거였다. 2019년에 함께 책을 읽었던 시간이 끊임없이 닥쳐올 '지금'을 살아낼 힘을 줄 것이다. 그럴 거라고 믿는다. 현이에게 그리고 나에게.

그날 아침, 세상의 존재들을 생각했다. 지금 한껏 마음이 약해져 있는 존재들. 미약한 봄바람에도 가리지 못한 상처가 쓰라려 어쩔 줄 몰라 하는 가여운 존재들.

세상의 친구들을 얻은 소년원 친구들

'소년원 친구들'이라는 말을 사용했던 독자들이 있다. '여주 사람들'의 청소년 회원들이었다. 여주 사람들은 경기도 여주의 청소년과 어른, 사오십 명이 매달 책 한 권을 읽고 독서토론 및 작가와의 만남을 하는 독서 공동체다. 여주 사람들에서 『소년을 읽다』를 주제도서로 선정하여 온라인으로 만난 적이 있다.

한 고등학생이 나에게 질문을 하면서 반복적으로 사용한 어휘가 있었다. '소년원 친구들'이라는 말이었다. 어쩌다 한번 사용한 것이 아니라, 반복해서 '소년원 친구들'이라는 말을 썼고 이 말이 낯설었다. 청소년이 쓰는 소년원 친구들이라는 말은 어른이 사용하는 소년원 친구들이라는 말과 의미가 다른 까닭이었다. 세상의 기준은 소년원에 있는 학생들을 별도의 세계에 있는 '우리'와는 다른 존재라고 생각하게 마련인데, 그들을 '친구'라고 호칭하는 것이 낯설었던 거다.

여주의 청소년들은 책에 나오는 소년원 친구들이 지금은 잘 지내고 있는지 친구의 마음으로 궁금해했다. 소년원 친구들이 받은 교육이 앞으로 살아갈 삶에 도움이 될지 염려했고, 친구들이 소년원에서 인권을 제대로 보호받고 있는지 걱정했다. '그들의 삶'으로 여기는 것이 아니라 '우리, 청소년의 삶'으로 여기는 마음이었다. 어떻게 하면 세상 사람들이 소년원 친구들에 대해 편견을 버릴 수 있을까? 소년원 친구들이 문화 예술을 더 배워야 '좋은 삶'을 살게 되지 않을까? 소년원 친구들이 잠재적 가능성을 발견하고 길러야 '다른 삶'을 살 수 있지 않을까? 이런 고민을 나눴다.

나는 여주의 청소년들이 소년원 학생들 이야기를 어떻게 받아들일까를 궁금해했을 뿐, 청소년이 또 다른 청소년의 이야기를 어떻게 읽을까를 염두에 두지는 않았다. 내 머릿속은 여전히 구별 짓고 있었다. 학교 학생과 소년원 학생, 모범과 비행, 이런 '구별 짓기'에서 여전히 벗어나지 못했던 거다. 여주의 청소년들은 세상 어딘가에서 어둡고 차가운 시간을 보내고 있을 친구를 염려했다. 나쁜 짓을 저질렀지만 내 친구가 앞으로 '좋은 삶'을 살 수 있어야, 좋은 사회가 되지 않겠느냐고 목소리를 냈다.

학생들 각각의 온라인 창을 유심히 보았다. 저녁 여덟 시, 바깥은 캄캄해진 후였는데, 어떤 학생은 텅 빈 교실에 혼자 남아 열심히 말하고 있었다. 어떤 중학생들은 학교 도서관에 서너 명이 나란히 앉아서 고개를 끄덕이며 듣고 있었고, 어떤 남학생은 자신의 방 컴퓨터 화면 앞에 바싹 다가앉아 질문을 하고 있었다. 저녁 여덟 시 세상이 어두워진 그 시간, 어떤 청소년들은 소년원 생활관 방에 있을 것이다. 책을 읽기도 하고, 누군가에게 편지를 쓰고 있을지도 모른다. 또 지나온 시간을 후회하고, 앞으로 다가올 삶은 어찌 살아야 하나 한숨짓기도 할 것이다.

만남의 시간이 끝나고 마무리 이야기를 하면서 나는 눈물을 흘리고 말았다. 살짝 꾹, 입을 앙다물고 마음을 누르면 눈물을 참을 수 있을 거라 자신했는데, 휴지가 필요할 만큼 눈물이 터지고 말았다. 2019년, 나는 소년원에서 만났던 학생들과 일상의 업業으로 국어 수업을 했을 따름이라 생각하며 내 몫과 한계를 스스로 한정 짓기도 했다. 내 마음을 내가 정확하게 알지 못했나 보다. 소년원 학생들이 친구들을 얻게되어 기뻤다. 세상의 많은 청소년들이 소년원 친구들을 향해 기꺼이 손을 내밀고 있는 모습 앞에서 이 단어가 떠올랐다. 연대. 미안하고도 부끄러웠다. 어른으로서의 미안함과 부끄러움이었다.

밤이 지나면 아침이 올 거야

올해 고등학교 2학년 담임을 맡았다. 청소 시간, 교실에서 만나는 일상적 풍경이 있다. 대여섯 명이 교실 앞 칠판에 나란히 붙어 서 있다. 뭘 하는가 들여다보면, 다양한 색의 펜을 들고 칠판에 그림을 그리거나 낙서를 하고 있다. 물론 즐거운 표정으로 수다를 떨면서 말이다. 이럴 때 보면, 열여덟 살은 천진난만한 나이다.

점심을 먹으러 학교 식당에 갈 때는 조심해야 한다. 주위를 잘 둘러봐야 한다. 열여덟 살 사람들이 무리 지어 긴 머리를 휘날리며 전속력으로 뛰어오는 일이 종종 있는 까닭이다.

이 무리에 부딪히기라도 하면 내 몸이 무사하지 못할 것 같은 기세다. 십 대 후반의 학생을 떠올리면 성숙하고 차분한 모습을 연상할 수도 있으나, 내가 학교에서 겪은 바로는 때로는 대책 없이 씩씩하다.

2023년은 세월호 참사 9주기다. 세월호 참사 추념일이었던 4월 16일은 일요일이었다. 일요일 오후, 나는 학교에 잠깐 들렀다. 일요일의 학교는 텅 비어 있었는데 2층에서 3층으로 올라가는 계단 옆 벽에 뭔가 붙어 있었다. 조금 멀리서 보니 어른 몸통만 한 대형 노란 리본이었다. 가까이에 다가가 보니 동그란 모양의 작고 노란 종이 여러 개로, 세월호를 상징하는 노란 리본을 만들었다. 학생자치회의 기획이었다.

노란 종이에는 깨알 같은 글씨가 가득했다. "잊지 않겠습니다."라는 많은 말들 사이에 내 눈에 띈 말이 있었다.

"어느새 제가 언니 오빠들의 나이가 되었어요. 그곳에서 편안하신가요? 더 좋고 안전한 세상을 만들겠습니다."

세월호 참사가 있던 해, 이 학생들은 초등학교 저학년이었다. 학생들의 입장에서 세월호 참사는 아득한 과거의 일이었을 텐데, 잊지 않겠다고 무수히 약속하고 좋은 세상을 만들겠다고 다짐했다.

철없는 아이들처럼 낙서를 즐기고 쿵쾅거리며 뛰어다니지만, 이것이 열여덟 살의 전부는 아니었다. 열여덟 살은 과거의 사회적 비극을 현재의 의미로 생각하는 속 깊은 나이였다. 노란 종이에 써진 글자를 하나하나 들여다보다가 조금 뒤로 물러섰는데, 노란 리본을 이룬 작은 종이들이 창밖에서 불어오는 바람에 펄럭거렸다.

순간 탄식이 나왔다. 낱장의 노란 종이들은 얼마나 연약한 존재들인가. 작은 바람에도 자기 몸을 펄럭거리며 흔들리는 약한 존재들이 모여 거대한 노란 리본의 형상을, 힘을 갖추었다. 텅 빈 학교에서 혼자 노란 리본을 보다가 몸에 소름이 오스스 돋았다. 약한 것들이 모여 큰 힘이 되는 비밀을 나혼자 알게 된 듯했다.

국어 시간에 모둠별로 같은 소설을 읽을 때였다. 『행운이 너에게 다가오는 중』(이꽃님, 문학동네, 2020)을 읽는 아이들은 몇 번이나 "아, 불쌍해."라고 말했다. 주인공이 가정 폭력에 처한 청소년이었다. 학생들은, 가정 폭력을 당하는 자기 또래의 주인공이 안쓰럽고 안타까워 어쩔 줄 몰랐다.

『알로하, 나의 엄마들』(이금이, 창비, 2020)은 일제강점기때 하와이 농장에서 일하는 한국 남자들에게 시집가는 십 대 후반 소녀들의 이야기다. 남자의 사진만을 보고 하와이에 결혼하러 간 그녀들은 온갖 고생을 하지만 서로를 응원하고 서로에게 의지하면서 꿋꿋하게 살아간다. 이 책을 읽는 아이들은 "선생님, 이 책에 나오는 소녀들이 저희랑 같은 나이인데,

너무 고생을 해요. 마음이 아파요."라 했다.

고등학생들과 책을 읽다 보면 번번이 확인한다. 이들이 얼마나 섬세하고 예민한 존재들인가 하는 것이다. 아직 스무 살이 되지 않은 학생들은 타인의 아픔과 고통에 어른보다 더 마음 아파한다. 책을 읽으면서 어른보다 더 많이 웃고 더 많이 눈물 흘린다.

문득 2019년에 만났던 십 대 후반의 남학생들이 떠올랐다. 소년원에서 만난 청소년들이었다. 타인에게 해를 끼치는 범죄를 저지르고 그 값을 치르느라 법무부 소속의 특수 교육 기관(소년원)에 갇힌 아이들. 그 아이들의 마음 어딘가는 그늘져 있었다. 어둡고 뒤틀린 마음 한 자락을 지니고 있었다. 그러지 않고서야 소년원에 4개월 이상씩 세상으로부터 격리되어 있을 리 없지 않은가.

사람의 마음을 볼 수 있다면 그 형태가 어떨까. 단일한 색은 아닐 거다. 하나의 형태도 아닐 거다. 아마 종합 세트 같지 않을까. '나'라는 사람의 마음을 들여다보면 다양한 형태의 마음들이 잔뜩 들어 있을 것 같다. 어떤 것은 강가의 둥근 조약돌 모양이고, 어떤 것은 시멘트도 뚫을 수 있는 날카로운 쇠못 모양이지 않을까. 얕고 잔잔한 여름 바닷물 같은 공간이 있고 또 한겨울 유리를 허옇게 덮은 성에 같은 공간이 있을 거다. 이 다양한 형태와 색의 마음에 빛이 있고 그늘이 있다. 그 총합이 '나'다.

소년원에서 만났던 아이들의 마음도 그러했으리라. 어둡고 차가운 마음의 다른 편에 작가님을 기다리며 책을 읽는 설렘, 작가님을 환대하기 위해 머리를 맞대고 종알거리며 아이디어를 낼 때 마음의 반짝거림, 작가님이 들려주는 세상의 이야기를 듣는 쫑긋거림, 작가님이 떠난 뒤 다시 보고 싶은 그리움이 있었다. 내가 목격한 바다.

이 아이들도 책이 들려주는 이야기에 어른보다 자주 웃었고 한숨을 깊이 내쉬기도 했다. 김동식 작가의 소설을 읽다가 동시에 웃음이 터졌고, 박찬일 작가가 외국에서 고생하며 일하던 이야기에 안타까워했다. 그들 역시 열여덟 살이었다. 섬세하고 예민한, 노란 종잇장처럼 수시로 펄럭거리는, 단단하지 못한, '마음'을 지닌 존재들이었다.

폭풍우 치는 밤이 없는 인생은 없다. 스무 살이 미처 되지 않은 어떤 이의 마음에 지금 추운 겨울의 세찬 바람이 불고 있을런지도 모른다. 거센 폭풍우가 휘몰아치고 있을 수도 있다. 폭풍우 치는 밤이 지나면 이내 맑고 고요한 아침이 왔으면 좋겠다. 세상의 열여덟 살 사람들 모두, 찬 겨울을 지낸 뒤에는 온갖 꽃의 향내 가득한 봄을 맞이하기를, 봄의 바람과 햇볕을 와락 끌어안기를, 그럴 수 있기를 바란다.

변두리 인간

변두리 인간. 원고를 정리하면서 알게 되었다, 내가 변두리 인간이라는 것을.

이 책은, 관광객이 찾아갈 만한 삼척의 명소를 단 한 곳도 소개하지 않았다. 의도한 것은 아니었다. 그런 것이 나의 마음을 흔들지 못했다.

이미 사라진 갈남마을 박물관, 폐역이 된 도경리역, 살던 이가 떠난 빈집 마당에 벙글어진 모란, 아름다움을 잃어가는 맹방 바다, 허리 굽은 노부부가 운영하는 식당, 요리사 할머니가 편찮으셔서 문을 닫은 분식점. 이런 것들에 나의 마음은 흔들렸다.

삼척이라는 고장에서 오래오래 버텨온 것들, 사라지고 있는 존재들에 마음이 오래 머물렀다. 삼척이어서 가능한 일이었다. 삼척은 '시간'을 간직하고 있는 곳이니까.

2021년은 내가 교사 생활을 한 지 25년째 되는 해였고, 직장 생활 25년 만에 처음으로 '(삼척)시'에서 근무한 해였다. 24년 동안 홍천군, 인제군과 같은 '군'에서만 근무해왔다. 특별한 이유가 있는 것은 아니었고, 그냥 '도시'에 있는 '큰 학교'가 무서웠다. 도시의 큰 학교에 근무한 적은 없으니, 막연한 두려움이었을 거다. 도시 아이들은 영악할 것 같고, 큰 학교에 가면 거대한 톱니바퀴에 맞춰서 움직여야 할 것 같은, 확인한 바 없는 두려움. '군'에 위치한, 너무 크지도 너무 작지도 않은 학교에 근무할 때 마음이 편안하고 즐거웠다.

대도시에 여행 가면 나는 금세 피로해진다. 지나치게 높은 빌딩 숲에 있으면 그 규모에 압도당해서 마음이 불편해진다. 대도시의 '올드 타운', 또는 작은 도시, 그러니까 일종의 변두리에 들어서면 마음이 명랑해진다. 이제야 나의 정체성을 정확하게 인식한다. 중심에서 조금 비낀 곳, 변방에 있을 때 마음이 자유롭고 편안한 사람.

변두리에 있기를 자처한 삶은 즐겁고 재미난 일을 많이 만났다. 고등학생들과 함께 책을 읽는 일에 온 정신이 팔렸고, 소년원 학생들과 일 년이나 독서 모임을 할 수 있었다.
변방에 있어서 만날 수 있던 일이었다.

내가 변두리 인간이어서 나는 내가 좋다.

변두리의 마음 – 삼척 생활 에세이

2023년 7월 5일 1판 1쇄

지은이
서현숙

편집		디자인
김태희, 장슬기, 윤설희, 최경후, 이여름		김효진

제작	마케팅	홍보
박흥기	이병규, 이민정, 최다은, 강효원	조민희, 김솔미

인쇄	제책
천일문화사	J&D바인텍

펴낸이	펴낸곳	등록
강맑실	(주)사계절출판사	제406-2003-034호

주소	전화
(우)10881 경기도 파주시 회동길 252	031)955-8588, 8558

전송
마케팅부 031)955-8595, 편집부 031)955-8596

홈페이지	전자우편	블로그
www.sakyejul.net	literature@sakyejul.com	blog.naver.com/skjmail

페이스북	트위터	인스타그램
facebook.com/sakyejul	twitter.com/sakyejul	instagram.com/sakyejul

ISBN 979-11-6981-143-9 03810